Sonya
ソーニャ文庫

変人作曲家の強引な求婚

八巻にのは

イースト・プレス

contents

プロローグ

『俺以外の人間には、その美しい声を極力聞かせないこと』

『住み込みで働き、呼び出したら必ず側に来ること』

『毎日、最低三十回は俺の名を呼ぶこと』

「この三つは絶対に守ってもらう。簡単な要望だし、できるな？」

尊大な態度で契約書を差し出す屋敷の主人、ジーノ＝ヴィクトーリオを見上げながら、セレナは戸惑いつつも頷《うなず》いた。

だがそこで彼女はあることに気づき、慌てて「はい」と言い直した。

「頷くのでもかまわん。見えてはいないが、気配でなんとなくわかる」

穏《おだ》やかな顔でそう告げるジーノの瞳は、僅《わず》かな光以外のものを映していない。

彼は長いこと目の病を患《わずら》っており、その瞼《まぶた》は閉じられていることの方が多かった。

「だが可能な限りは喋《しゃべ》ってくれ。俺はお前の声を、一秒でも長く聞いていたい」

けれどそう言ってセレナに近づいてくる足取りに迷いはなく、闇の中を進む彼の表情に恐怖は見えない。

目鼻立ちのはっきりとした、男らしい顔立ちをしているからかもしれないが、目を閉じていても彼の顔は凛々《りり》しく、自信に溢《あふ》れているように見える。

また彼は、セレナが住む街で信仰される盲目の神『オルン』にどこか似ていた。

芸術の神でありながら、逞《たくま》しく表現されることの多いオルンの彫像は街中でよく目にするが、その中でもひときわ美しいとされる、駅前広場に立つ彫像とジーノの面立ちはとてもよく似ている。

そのせいか、ジーノにすぐ側に立たれると、セレナは正直落ち着かない。

年上の男性とこんなにも近くで話すことは今までなかったし、ジーノの顔は整いすぎていて、見ているとドキドキしてしまうのだ。

にもかかわらず、不思議とセレナは彼から目を逸《そ》らせない。

一方でジーノも目が見えないからか、距離が近い。

肩を摑《つか》まれ、鼻先がつきそうなほど顔を寄せられるその距離は、主人とメイドという関係にはそぐわない気がしたが、いつしか壁際まで追い詰められ、セレナは身を引くこともできなくなっていた。

しかし、やめてほしいと言えるほどセレナは気が強くない。自分の意思を表に出すことがそもそも苦手だったし、今までずっと、彼女は空気のように自分を殺して生きてきたからだ。

「理解したか？」

だが今の場合、それは良い方には作用しなかったらしい。

「は、はい……」

「あとお前は、もう少し大きな声で喋った方が良いな」

ジーノの前では、ただ気配を殺していても何も解決しない。むしろ何も言わないでいると、同意したと見なされ、更に距離を詰めてくるのがジーノという男なのだ。

だからセレナは意を決し、ジーノを見上げたまま大きく口を開いた。

「は、はひっ……！」

がんばって声を大きくしてみたけれど、声はうわずるばかりだ。

物心つく頃から大きな声で喋ることがなく、むしろいかに小さくするかということばかりを考えてきた弊害《へいがい》だ。

「うむ。今の返事も愛らしくて悪くない。やはり、お前を選んで正解だった」

「あの……本当に私でよろしいのですか？」

おずおずと告げるセレナの声は、お世辞《せじ》にも綺麗とは言えない。

女性にしては低く、籠《こ》もった声であるため、かなり聞き取りづらいだろう。

故に家族も知人もセレナの声を蔑《さげす》み、馬鹿にし続けていたから、声を聞きたいと言う主人の言葉をセレナは今もまだ少し疑っていた。

けれどジーノは、セレナの言葉に大きく首を横に振る。

「お前でなければだめなのだ。お前の声でなければ、俺の心は震えない」

その上彼は美しい指でセレナの喉を撫《な》でるものだから、つい彼女は「ひゃぁっ」と情けない声を上げてしまう。

その途端、ジーノはくっと喉を鳴らし、幸せそうに天を仰《あお》いだ。

「もしかしてくすぐったかったのか!?　いいな！　今の声はいいぞ！　もう一回聞かせてくれ！」

そう言ってジーノがまた喉に触れてこようとするのを感じて、セレナは慌てて喉を手で押さえる。

「逃げるな、声を聞かせろ」

途端に、ジーノは拗《す》ねた子どものような顔をする。

普段はとても落ち着いていて、二十九という年齢より上に見えることもあるのに、セレナの声に執着し始めてからの彼はまるで別人だ。

（ここを紹介されたときに『ちょっと変わってる人だ』って言われたけど、これってちょっとなのかしら）

男性の知人があまりいないセレナには、世間の普通がわからないため、ジーノがどれほど変わっているかはわからない。

だが声が聞きたいと拗ねるジーノはあまりに子どもっぽく見えて、「ちょっと」ですませられる程度ではない気がする。

「だめか？　あと一度だけ、少しだけでいいのだが、だめか？」

けれど、そう言ってセレナの纏《まと》うメイド服の袖《そで》を引くジーノを見ていると、どうにも無《む》下《げ》にはできない。

元々の顔立ちが整っているせいか、どことなく寂しげな表情が妙に絵になり、こちらの心を切なくするのだ。

「くすぐる以外のことにしましょう。本や新聞でしたら、いくらでもお読みしますので」

元々そのために、セレナは今ジーノの私室にいるのだ。

先ほど渡された契約書も、そもそもは彼の目となり、彼に代わって新聞や書物などを読み上げる職務を負う内容であるはずだった。まあ中を見たら、仕事に直結しそうな文は見当たらなかったけれど。

「そこに新聞もありますし、よろしければそれを」

「では名前」

「な、名前……？」

「呼んでくれるのだろう？」

「私はその、呼ぶではなく読むと言ったんです」

じゃあこれをと、彼は懐《ふところ》から自分の名刺を差し出し、セレナに押しつける。

そこには「作曲家ジーノ＝ヴィクトーリオ」という名前が書かれており、確かに読むことはできる。

「作曲家のところに『天才』をつけてくれてもかまわんぞ」

普通の人が言ったら鼻で笑われるような台詞だが、彼の場合は事実なので笑って誤魔化《ごまか》すこともできない。

セレナに喋らせようとする様は変人にしか見えないが、こう見えて彼は歌劇が盛んなこのフィレーザの街で、最も高名な作曲家なのだ。

（むしろ天才だから、ちょっと変わっているのかしら）

普通でない感性を持つからこそ作れる音楽があると誰かが話していたのを思い出しながら、セレナは改めて名刺に視線を落とす。

そして少し照れながら名前を読み上げると、ジーノは幸せそうな顔で微笑《ほほえ》んだ。

「よし、今日はあと二十九回頼むぞ」

さすがに雇《やと》い主の名前を呼び続けることには抵抗があるが、ジーノの笑顔をやり過ごす術を、セレナはまだ知らなかった。

しかしそれも無理はない。セレナはまだこの屋敷に来たばかりで、日数にすれば一月ほどしかたっていないのだ。

これまではジーノと顔を合わせることはほぼなかったし、昨日起きたとある出来事がなければ、きっとこんなにも距離は縮まっていなかっただろう。

（でも雇い主に気に入られるのは悪いことではないわよね。私にはもう、ここ以外に行き場はないのだし……）

だからセレナはもう一度、掠《かす》れた声で彼の名前を静かに呼んだ。

第一章

ジーノの屋敷にやってくるまで、セレナの人生は不幸の積み重ねでできていた。

『今日からもう、ここは姉さんの家じゃないから』

中でも一番の不幸は、妹からそう言い放たれ、家から追い出されたことだろう。

いやそもそも、この家に不釣り合いな声と容姿に生まれたことこそ、セレナにとっては一番の不幸だったのかもしれない。

音楽と芸術の街『フィレーザ』。

リリア帝国が治めるエルオニア大陸の西にあるこの街は、セレナの生まれ育った故郷だ。

フィレーザは常に音楽と笑顔が溢れ、夜も人が絶えない賑《にぎ》やかな街だった。

街にはたくさんの劇場があり、そこでは毎晩のように歌劇が上演されている。そして去年亡くなった母は、息を引き取る直前まで街一番の歌手として歌劇界で活躍《かつやく》していた。

その娘であり、セレナの妹のリーナも、亡き母の美しい声を受け継ぐ気鋭の歌姫として、日々人気が上がっている。

そんな二人に挟まれて生きてきたセレナは、二人が持つような美しい声を持っておらず、容姿こそ整っているが舞台に立てるような華やかさは備えていない少女だった。

幼い頃から才能に恵まれ、舞台の上でスポットライトを浴びることだけを生きがいにしてきた母や妹にとって、歌の才能は絶対だ。

だからそのどちらも持たないセレナは生まれたときから負け犬で、彼女たちにとっては生きている価値すらない存在に思えたのだろう。セレナの声がいつまでたっても低く嗄《か》れたままであることを『家族の恥』だと考え、使用人のようにこき使うようになるまで、そう時間はかからなかった。

もし父が生きていたら間を取り持ってくれたのだろうが、父は妹のリーナが生まれてすぐ事故で亡くなってしまった。

妹と共に多くの男性に色目を使っていた母だったが、父が亡くなって間もない頃はまだ彼を深く愛していたのだろう。父の死で心を病み、「どうせならあなたみたいな価値のない子が死ねばよかったのに」と泣きながらものを投げつけられたのは、一度や二度ではなかった。

十九になった今ならば、セレナも父の死と自分の存在を切り離して考えられるけれど、当時は父の死は自分のせいだと本気で思い、母の仕打ちも当然だと思っていた。

その後、妹のリーナにセレナにはない美しい声があるとわかると、母は妹とその才能に執着した。

財産も愛情も全てリーナに注ぎ込み、母は一度もセレナを娘として見ることなく亡くなったのである。

もちろん家も遺産も全て妹のリーナに渡り、セレナに残してくれたものは何もない。

そして母と共にセレナを嫌っていたリーナは彼女を追い出す機会をずっと窺《うかが》っていたのだろう。

ある朝、『くさいから身体を洗ってこい』とリーナに言われ、慌てて裏庭の井戸で身体を清めて戻ってくると、『もう家に入るな』と家の扉をきつく閉じられてしまったのだ。

いつか家を追い出される予感はあったけれど、あまりに突然の出来事に、セレナは荷物一つ持って出ることができなかった。

その上ひどく寒い朝だったから、運良く知人が通りかかってくれなかったら、あのまま凍《こご》え死んでいたかもしれない。

(でもどん底まで落ちると、良いこともあるのね……)

ジーノの屋敷に来てからというもの、毎朝眠りから覚めるたび、セレナはこれまでの不幸をベッドの中でぼんやりと思い出す。

今、セレナが目を覚ますのは小さいが綺麗に整えられた部屋の中で、そこにはもう彼女を罵倒する母も妹もいない。代わりに、部屋には小ぶりの衣装ダンスとベッドがある。幼い頃から厨房《ちゅうぼう》の床で寝起きさせられていたセレナにとって、そこは初めて得た自分の部屋だった。

ここで眠り、目を覚ますたび、セレナは長い夢でも見ているような気分になる。

だから彼女は身体を起こし、自分の手の甲《こう》をそっとつねる。

（痛い……うん、夢じゃない）

ベッドと暖かな毛布に包まれて目覚めるたび、セレナはこうして自分に痛みを与えている。そうしなければ、自分が起きていると実感できないからだ。

今までは、平和に眠れるのは夢の中だけだった。

そして今は、過去に母と妹から受けたつらい仕打ちばかりが悪夢となってセレナを襲うので、目覚めるたびこれは現実だと自分に言い聞かせなければ、この状況が受け入れられない。

だから彼女は毎朝五分ほどぼんやりと周囲を観察してから服を着替え、仕事場へと向かう。

おろし立てのメイド服を纏い、長い鳶色《とび》の髪を軽く結わえた彼女が向かうのは厨房だ。

少し入り組んだ使用人用の階段を降りて、「おはようございます」と中に入れば、温かい笑顔がたくさん出迎えてくれる。

「昨日はよく眠れたかい？」

その中でもひときわ優しく声をかけてくれるのは、使用人の統括をしているオルガという年老いた女性だ。

主人であるジーノの方針で、この家の使用人は年配者が多く、セレナより一回り以上年上の者たちばかりだけれど、中でもオルガは最年長だ。

この家をまとめていた家令が亡くなって以来、彼女がこの家のことをまとめているらしい。

皺《しわ》に覆われた顔は少し厳つく見えるが、彼女は使用人であるセレナたちをいつも優しく気遣ってくれている。

セレナがこの屋敷に来たのはかなり突然だったのに、忙しい時間の合間を縫《ぬ》い、嫌な顔一つせず使用人としての教育を施してくれているのも彼女だ。

「はい。とても快適なお部屋をいただけたので、毎晩ぐっすりです」

「そうかい。でも部屋は快適でも、アレがねぇ……」

どこか遠い目をしてため息をつき、オルガは心配そうにセレナを見つめる。

「その後、坊ちゃんとはどう？　昨日、改めて契約を交わしたと聞いたのだけれど」

坊ちゃんとオルガが呼ぶのは、この屋敷の主人であるジーノだけだ。

元々オルガはジーノの亡き師匠《ししょう》、『ヴェルノ＝ヴィクトーリオ』につかえるメイドで、幼いジーノが弟子としてこの屋敷にやってきて以来、彼女が面倒を見てきたのだそうだ。

故に彼が師の後を継ぎ、天才作曲家と呼ばれるようになった今でも、彼女はジーノを子どものように思っているのだろう。

「変な条件とか、出されたんじゃないだろうね？」

「確かに少し変わった契約でしたけど、私にはここしか居場所がありませんし」

「まさか、サインしなければ追い出すとか脅迫《きょうはく》されたんじゃ……」

脅迫まではいかなかったが、『お前にはここしか居場所がないらしいな』と遠回しに釘は刺された。

だがそれを言うべきか判断がつかず、セレナはただ黙って考え込むことしかできない。

その様子に、オルガはなんとなく二人の間で交わされたやり取りを察したようだった。

「まったく、あとで説教してやらんとね」

「あの、でもお給金も上げてくださるというお話ですし、私にとっては悪い話ではないので」

「でも迷惑じゃないかい？　セレナさんが押しつけられたのは、気むずかしいあの子の目になることとなんだよ？」

目の見えないジーノに代わって、新聞や書類などの文字を読むことが、セレナに新しく与えられた仕事だ。

元々はオルガがその役目を担っていたが、年老いた彼女は新聞などの小さな文字を読むのが辛いらしく、別に誰かを雇おうと思っていたところにセレナに白羽《しらは》の矢が立ったのだ。

セレナの声はお世辞にも綺麗とは言えないので、最初に申し出を受けたときは耳を疑った。けれど、ジーノがセレナでなければだめだとオルガが呆《あき》れるほど意固地になったせいで、結局引き受けることにしたのである。

「作曲の才能はあるけれど、その分常識が明後日《あさって》の方に行っちまってるからねぇ……」

「それはその、なんとなくわかります」

そもそも、セレナを自分の読み聞かせ役にと思ったきっかけも、かなりおかしなものだった。

「でもジーノ様は、冷たい人ではなさそうなので」

少なくとも、セレナの母や妹のようにセレナをもの扱いする様子はない。

日常的にひどい言葉をかけられたり、ものを投げられたりしてきたセレナにとって、多少変人であることくらい別にどうということもないのだ。

「私に務まるかが不安ですが」

「セレナさんはしっかり者だし、大丈夫さ。ただ本当に、坊ちゃんが……」

不安げな顔でオルガが言いかけた瞬間、ジーノの部屋の呼び鈴が鳴る。どうやら彼が使用人を呼んでいるらしい。

「そういえば、朝はセレナさんの声で起こしてほしいとか、馬鹿なこと言ってた気がするねぇ」

「それなら、私が行きましょうか？」

「でも、朝の坊ちゃんは相当不機嫌だよ？　大丈夫かい？」

「不機嫌な人を起こすのは、慣れてますから」

「不機嫌な上に変態だけど、本当に大丈夫かい？」

あえて二回、それもひどく真剣な顔で尋ねてくるところを見ると、オルガは毎朝苦労させられているのだろう。

「旦那様が変わり者なのは、心得ていますから」

なにせ初めて会話をしたときから、彼は普通でなかったのだ。

(だから、今更よね)

オルガの謝罪を聞きながら、セレナはふとジーノと最初に言葉を交わしたときのことを思い出していた。

＊＊＊

全てのきっかけは、『にゃあ』と鳴く猫だった。

ジーノの屋敷の庭には、時折猫がやってくる。

彼らは目の見えぬジーノの癒《い》やしとなっているらしく、使用人たちは無理に追い払おうとはしない。

そのため猫はこの家の者なら皆安全だと思っているようで、働き始めたばかりのセレナにもすぐになついてくれた。

そしてその日も、庭掃除を手伝っていたセレナの足に三匹ほどの猫がすり寄っていた。

「ごめんね、今は遊んであげられないの」

そう言いながら花壇《かだん》の雑草を抜いていると、猫たちはどこか残念そうににゃあと鳴く。

その声があんまりかわいくて、そして周りに誰もいないと思っていたから、セレナはすり寄ってくる猫たちを撫でながら、つい鳴き声で返してしまったのだ。

ごめんねの意味を込めて、「にゃあ」と鳴き声をまねて頭を撫でると、猫たちもまたにゃあと返す。

それがかわいくて三回ほど「にゃあ」を繰り返した次の瞬間、側の茂《しげ》みが大きく揺れた。

「今の『にゃあ』は、お前か!?」

髪や服に落ち葉をつけながら、そう言って茂みから出てきたのはなんと一か月ほど前に主人になったジーノだった。

どこか興奮した様子でセレナの方に顔を向けてくる彼の姿に、彼女は思わず息を呑《の》む。

初めてこの屋敷に来たときに軽く挨拶《あいさつ》して以来、彼と会うのは二回目だった。

最初のときは聞き取れないほど小さな声で「よろしくお願いします」と告げるのが精一杯で、内気そうなセレナを面倒に思ったのか、ジーノはセレナに興味がない様子だった。

なのに、今の彼は茂みに足を取られながら、必死な顔でこちらへとやってくる。

「いっ、いけません旦那様！　足下に木の幹が！」

慌てて駆け寄り、彼の身体が傾《かたむ》く前にセレナはそっと腕をのばす。

そのおかげでジーノは倒れずにすんだが、セレナに寄りかかるようにして傾いた彼の身体は、いつまでたっても離れていかない。

「……もう一度、『にゃあ』と鳴け」

「え？」

その上ジーノは、何かを探るようにセレナの頬に触れながら、突然そんなことを言う。

空耳だと思った。しかし彼は、いつまでたってもセレナから離れない。

「『にゃあ』だ。可能な限り猫っぽく、もう一度！」

「えっ、もしかしてさっきの……」

「聞いていた。そしてもう一度聞きたい、鳴け！」

困惑したセレナが動けないのを良いことに、ジーノは距離を更に詰めてきて、いつしか互いの鼻先が触れ合いそうになっている。

「坊ちゃん!!!」

そんなとき、困り果てたセレナと強引なジーノに割り込むように、二人の胸の間に細い棒が差し入れられた。

突然のことにセレナがぎょっとした直後、棒はジーノの方へと素早く振り上げられる。

ゴスッという音と共にジーノの身体は地面に叩き付けられ、セレナはようやく解放された。

それにほっとしていいのか、主人を心配すべきなのかセレナが戸惑っていると、呆れた吐息が彼女のすぐ側でこぼれた。

「うちの坊ちゃんが本当にすまないねぇ」

謝罪の言葉に慌てて横を見れば、そこに立っていたのはオルガだった。

どうやら先ほどジーノを払い飛ばした棒は、オルガが拾い上げたジーノの杖《つえ》だったらしい。

「でもあの、私より旦那様が……」

「いいのいいの。これくらいしないとわからない人なんだから」

年齢不詳なほど皺が重なった顔に笑みを作りながら、オルガはジーノのせいで乱れたセレナの服を整えてくれる。

普通なら、気遣われるのはジーノであるべきなのだろうが、オルガはまるで彼のことなど眼中にない様子だ。

「ひどいぞばあや！　目の見えない私を杖で殴り倒すとはどういうことだ！」

「どういうことだも何も、使用人に手を出したのは誰だい！」

「まだ出していない！　それに、彼女の方から言い寄ってきた可能性だってあるではないか！」

「言い寄ってきた女性に、坊ちゃんがあんなにも近寄ることなんてあったかい⁉」

オルガの指摘に、ジーノはばつが悪そうに少し長めの前髪を掻き上げる。

「それはまあ、否定できないが……」

「二十九になっても未だ独身で、作曲しか能のない坊ちゃんが女性に興味を持ったってことはばあやも嬉しいけどね。それでも無理やりなんてもってのほかだよ！」

ようやく立ち上がったジーノを杖で小突きながらまくし立てるオルガの勢いには、屋敷の主であっても敵わないのだろう。

オルガの発言には彼をこきおろす言葉がちりばめられているが、それをジーノは黙って聞くことしかできないらしい。

「ともかく、女性に近づくときはもっと紳士的に！」

「……すまなかった」

ふてくされた雰囲気のまま、ジーノが僅かに頭を下げる。

その様子にセレナは首を横に振り、それから慌てて「私は大丈夫です」と言葉を重ねる。

「急なことで私も驚いてしまって……」

「ならば、鳴いてくれ」

「坊ちゃん!!!」

オルガの杖が今度はジーノの脳天を直撃し、彼は苦痛に呻《うめ》く。

「何がいけない！　俺は、彼女の声を聞きたいだけなのだ！」

「もっとマシなお願いの仕方はないのかい！」

「どうしても、俺はその子に『にゃあ』と鳴いてほしいんだ」

「彼女の名前も覚えてないのかい……!?　その上、あられもない声を上げさせようとするなんて、はしたない！」

「猫の声まねのどこがはしたない！」

「あ、そっちかい」

勘違いしてたよと、急にオルガは苦笑したが、セレナからしたら彼女が何と間違えたかもわからず、混乱するばかりだ。

「まあどっちにしても、女性に頼みごとをする距離じゃないだろう」

「仕方ないだろう、見えないんだから」

「見えなくても、いつもなら人との距離感をばっちり摑んでいるじゃないかい」

「慌てていたんだ。それほど、彼女の声に惹《ひ》かれた」

殴られないように、ジーノはじりじりと距離を探りながら、もう一度セレナに近づいてくる。

ゆっくりと近づいてきたおかげで、セレナの方も先ほどより少し冷静に彼を窺うことができた。

一番初めに会ったときは座っていたのでわからなかったが、改めて見ると彼はかなり長身だ。

小枝や枯《か》れ葉がついているが、纏っているシャツやベストやズボンはどれも仕立てがよく、ひと目見ただけで高級品とわかる。

少し長い黒髪は乱れてしまっているが、整えて服の汚れを落とせば、立派な紳士に見えるだろうなとセレナはぼんやり考えた。

(作曲家っていうより、舞台俳優みたい……)

母や妹が常に見目のいい男を侍《はべ》らせていたので、遠くからではあるがセレナは容姿端麗な男性をたくさん見てきた。

甘い笑みを絶やさず、母や妹に気に入られようと必死だった彼らに比べると華やかさはないけれど、こちらの様子を窺うようにひそめられた眉は形がよく、困惑ぎみの表情すら絵になっている。

今思えば、母たちに纏わり付いていた男たちは皆、作り物の笑顔で自分をよく見せていただけで、そもそもの顔の作りは決していいわけではなかったのかもしれない。

（本当に容姿がいい人は、多少変でも格好いいものなのね）

という妙な発見をしながらジーノの顔を見つめていると、彼が恐る恐るといった風にこちらに手をのばす。

先ほどまでの勢いとは真逆の、どこかおぼつかない腕の動きを見ていると、何だか無下にもできず、セレナはのばされた手をそっと摑んだ。

途端にジーノは子どものように破顔し、閉じていた瞼を僅かに開けた。

光を映さぬ灰色の瞳は、手のひらを頼りにセレナの姿を必死に探しているようだった。

だからセレナは、先ほどの驚きも忘れて、一歩ジーノの方に歩み寄る。

「今更だが、名前を聞いてもいいだろうか？」

「セレナです。セレナ＝アレッティと申します」

「ああ、お前は声だけでなく名前も美しいのだな」

それからジーノはセレナの手を摑み、その場に突然膝をついた。

「俺はもう、お前の声なしでは生きていけそうもない」

甘い言葉と共に指先にキスされ、手の甲に頬ずりまでしてくるジーノに驚き、セレナは石のように固まった。

もちろんこのあとすぐ彼はオルガによって無理やり引きはがされるが、彼のセレナへの執着心は衰えることはなかった。

そしてその日の夜、セレナはジーノから新しい仕事とそれに関する珍妙《ちんみょう》な契約を押しつけられることになったのだった。

＊＊＊

オルガに代わってジーノの寝室を訪れると、彼はベッドの上で穏やかな寝息を立てていた。

どうやら使用人を呼びつけておいて、再び寝てしまったらしい。

（そういえば、いつもはお昼くらいまで寝ている気がする）

まだ朝の五時前で、日も昇り始めたばかりだ。その上カーテンで閉め切られた部屋の中はまだ暗く、開いた扉から差し込む光を頼らないとジーノの姿もわからない。

（そういえば、ついでに窓を開けてきてほしいとオルガさんに頼まれたんだったわ）

目の見えないジーノは、どうせ意味がないからと時々しか部屋の窓やカーテンを開けないらしく、部屋に悪い空気が籠もるとオルガが嘆いていた。

『どうせ見えないのなら、開けていたっていいじゃないかねぇ』というのが彼女の主張で、ジーノがなかなか起きてこない日は、無理やりカーテンを開けてしまうらしい。

彼女に倣《なら》って分厚い布地を左右に引き、それをタッセルでしっかりと止める。

それから窓を開けようと取っ手に手をかけて、セレナは思わず息を呑んだ。

ジーノの部屋からは、朝日に照らされたフィレーザの街が一望できるのだ。

屋敷が建つこの場所は、貴族や有名な音楽家たちがこぞって屋敷をかまえる、街外れの丘陵地帯にある。

セレナの母も、この一角に大きな屋敷を持っていたから、セレナの元の住まいとこの屋敷はわりと近い。

緑の多い静かな場所だが、一方で街の中心地からは少し離れているため、劇場街などにいくには少し不便な場所でもある。

買い出しのたびに長い坂を上ったり下りたりしなければならないため、どうして街の中心部に住まないのかとセレナはずっと不思議に思っていたが、この景色を見ればあえて不便さを選ぶ理由もわかる気がした。

（お母様たちは、この景観を買っていたのね）

自分たちの寝室にセレナが長居することを母たちは許さなかったので、セレナはそのことに今まで気づけなかったのだ。

(お母様やリーナも、この景色を見て息を呑んだりしたのかしら……)

つらい目にはたくさん遭ったけれど、それでも母と妹はセレナにとってかけがえのない家族だ。だからできるだけ側にいたかったし、可能なら同じ景色を見ていたいとずっと思っていた。しかし、才能がないセレナは歌劇にも連れて行ってもらえず、家では厨房の床を寝床にしていたため、二人とはいつも距離があった。

だからこんなタイミングで二人と同じ視点を体験するなんて不思議だ、などと考えていると、背後から小さな呻き声が聞こえてきた。

「部屋に入ってきたのなら、一声かけろ」

掠れた声に慌てて振り返ると、ジーノが毛布の間からこちらを見ていた。

瞼は閉じられているし、たとえ開いていても見えるはずがないのに、彼はしっかりとセレナのことを認識しているようだった。

「俺は、お前が起こしに来てくれるのをずっと待っていたんだぞ」

「もしかして寝たふりをなさっていたんですか?」

「いや、痺《しび》れを切らしてベルを鳴らした瞬間、ほっとしすぎて睡魔《すいま》に負けた」

そう言うジーノの目元には濃いクマが見え、セレナは慌てて窓を閉め彼に駆け寄る。

「それならもう少し寝ていてください」

「せっかくお前が来たのに、また寝ろと言うのか」

「お身体に障《さわ》ります。ここしばらく作曲の仕事が立て込んでいて、あまり寝ていらっしゃらないとオルガさんも言っていましたし」

「だが俺は、お前の『おはよう』が聞きたかった」

そう言ってジーノが身体を起こし、セレナの腕を掴む。

まるで見えているような動きに驚くと同時に、セレナはあることに気づいて息を呑んだ。

「だっ旦那様!?」

「違う、『おはよう』と言え」

「そ、そんなことより、お洋服はどうされたんですか!?」

セレナの問いかけに、ジーノは「ああ」と何でもないような声で言う。

「服を着て寝るのは好きじゃない」

軽い調子で言い放つジーノは、かろうじて毛布が腰に巻き付いているだけという格好だった。

普段は屋敷に引きこもり、作曲ばかりしているというから痩《や》せた身体を想像していたが、意外にも彼の身体は逞しい。

「もしかして、男の裸を見るのは初めてか？　呼吸が乱れているぞ？」

「ど、どうして、そんなに嬉しそうにおっしゃるのですか……」

「自分でもわからないが、妙に顔がにやけるな。それよりどうだ、俺の身体は」

「どうだと言われましても……」

「なかなかだろう？　身体を動かすのは好きだから鍛《きた》えているんだ」

そう言って今にも力こぶを作りそうなジーノに、セレナは慌てて毛布を押しつける。

「とりあえず、もう一度寝てください」

「いい。起きるから服を着せてくれ」

「ふ、ふくを……!?」

よくよく考えてみれば、使用人が主人に服を着せるのは当たり前のことだ。

実際、母や妹もそうしていたし、ドレスは『汚れるから』とセレナには触らせなかったが、靴やブーツを履くのを手伝わされたことはある。

(でも、いきなり旦那様の着替えを手伝えだなんて……)

「どうした、早くしろ」

そう言われても無理だし、セレナが戸惑うとわかっていたからこそ、オルガもジーノの身支度を任せなかったのだろう。

「契約には、着替えは入っていませんでした」

「追加したら、やってくれるか？」

「別の方の仕事を取るわけにはいきません」

「どうせやるのはばあやだ。彼女は働きすぎだし、少し仕事を減らした方がいい」

そう言いながらジーノは赤面《せきめん》するセレナの様子を窺い、小さく笑う。

「照れているのか？」

「すみません、でもその、経験がなくて……」

「そうか。今の声はすごくかわいかったから今日のところは満足だ。着替えは自分でしよう」

見たくないなら後ろを向いていろと言って、ジーノは上機嫌でベッドから降りる。

慌てて後ろを向きながら、ジーノはある意味母や妹よりも手強《てごわ》い人なのかもしれない、とセレナは思う。

（私、この方とうまくやっていけるのかしら）

後ろでもぞもぞと服を着る気配を感じながら、セレナは今日から始まる新しい仕事に不安を抱くのだった。

第二章

いつもよりずいぶん早く主人が目覚めたというのに、セレナが彼と共に食堂へ行くと、既に朝食は完璧に用意されていた。

「おはようございます旦那様！」

ジーノの屋敷に勤める者たちは皆、ハキハキとしていて元気が良い。

目が見えないジーノのために、『なるべく大きな声で喋り、側にいるときは意思表示をすること』とセレナもオルガに言われたけれど、その言いつけを守っているのだろう。

明るい声の挨拶に、ジーノもまた穏やかに言葉を返す。

「おはようリラ。今日は足取りが軽いようだが、腰痛はよくなったのか？」

「はいっ、旦那様にいただいたお薬が効いたようで！」

そして不思議なことに、ジーノは相手が名乗らずとも誰が側にいるのか判断できるようだった。

声はもちろん、足音なども正確に判別できるらしく、その察しの良さには驚くばかりだ。

「あっ、旦那様おはようございます！」

「その声はロニのようだが……お前ずいぶん酒臭《くさ》いな」

「すみませんっ、湯浴《ゆあ》みはしたんですが」

「どうせまた賭《か》けで負けたんだろうが、程ほどにしておけよ」

その上彼は、セレナ以外の前ではまともで優しい主人だ。

使用人たちのささやかな変化を見逃さず、しかしそれを咎《とが》めるわけでもなく、どちらかといえば変化を観察して楽しんでいるような雰囲気がある。

家の者たちを奴隷《どれい》のように扱っていた母と妹を見て育ったセレナにとって、ジーノたちのやり取りは新鮮で、見ているとこちらの心まで温かくなるようだった。

「セレナ、こっちに来い」

そう言って手をのばすジーノに、セレナは慌てて彼の側に行く。

椅子《いす》に座ったまま真横にまっすぐのばされたジーノの腕は、セレナが来るを待っているという意味なのだろう。

主人の手を握ることは躊躇われるが、その手を取らないのも失礼な気がして、セレナはそっと細い指を重ねた。

「俺の横に座れ、朝食だ」

「えっ、ですが……」

「この家では、基本、食事はみんなで一緒に取る決まりだ」

ジーノの言葉に驚いていると、遅れてやってきたオルガがセレナの隣にゆっくりと腰を下ろす。

「作曲の仕事が立て込んでいるとき以外は、こうするのがしきたりでね。坊ちゃんは、音を聞くのがお好きだから」

不思議な言い回しに思わず首を傾《かし》げていると、ジーノがフォークを持ち上げた。

「俺は声だけでなく人の発する音が好きなんだ。特に、食事をする音はいい。スープをさます僅かな息づかい、パンを割る軽やかな音、食器同士が打ち合わされるあの音がたまらない」

食事が始まる前から、どこか恍惚《こうこつ》とした顔をしている様子を見ると、どうやら冗談ではなく本気でそう思っているらしい。

「そしてそれらの音をお前が生み出すのだと思うと……なんて素晴らしいのだろう！ああ、セレナが来てから今まで、食事を忘れていたことが悔《くや》しくてならない」

うなだれるジーノを困り顔で見ていると、横のオルガが小さく咳払いをする。

「坊ちゃんは作曲に集中しすぎるとお食事をすぐ忘れるからねぇ……。だから仕方なく、このばあやが坊ちゃんを羽交い締めにして、スープなんかを無理やり流し込んでいるんだけれど……」

そこでオルガはにっこりと笑い、ジーノに摑まれているのとは反対の手をぎゅっと握りしめてくる。

「セレナさんがいてくれれば、食事に関してはずいぶんと楽ができそうだねぇ」

「安心しろ！　彼女の咀嚼《そしゃく》音が聞けるならおやつだって抜かない」

「こんな日が来るなんて、ばあやは……ばあやは……感激で死んじまいそうだよ！」

自分を挟んで繰り広げられるやり取りに、セレナはただただ困惑することしかできない。

二人の口調は大げさすぎて演技のようだが、席に着き始めた他の使用人たちまでもがほっとした顔をしているということは、この状況は喜ばしいことなのだろう。

そんなにありがたがられるような存在ではないと思いつつも、自分がいることでジーノやオルガが喜ぶのなら、それはとても嬉しい。

「ではいただこうか」

まるで見えているかのように最後の一人が席に着いたタイミングで、「食事を始めよう」とジーノがグラスを掲《かか》げる。

それに合わせてようやくセレナの両手が解放されたので、彼女はおずおずと、回ってきたバゲットを手に取った。

「マナーや食べ方は気にするな。そもそも私には見えないし、むしろ音を立ててもらった方が嬉しい」

そう言って笑いながらスプーンでスープを掬《すく》うジーノの手つきに迷いはなく、目が見えていないのが嘘のようだった。

「……やけに視線を感じるが、俺の食べ方はおかしいか？」

「い、いいえ、すみません。あまりに食べ方が綺麗なのでつい」

「さすがに慣れるからな。俺が食事をしやすいように、食器の位置などを整えてもらっているし」

ジーノは笑うが、それにしても彼の所作は美しい。

だから少しだけ萎縮《いしゅく》してしまうが、空腹には勝てず、セレナは手にしたバゲットにかじりついた。

これまでこの屋敷で出された食事はどれもおいしかったけれど、今日のメニューは格別だ。

パンの柔《やわ》らかさとほのかな甘さはうっとりするほどで、出されたシチューと共に口に運べば、お腹だけでなく心まで満たされていくようだった。

「このシチューも、パンもおいしいです」

長いテーブルの向こうに座る料理長に告げると、彼は照れたような顔で頭をかく。

「今日は久々に旦那様がちゃんと食事をするって言うから、張り切っちまったんだ」

「俺が不在でも、好きな料理を作っていいんだぞ。金は無駄にあるし、食べたいときに食べたいものを食べればいいいと、いつも言っているだろう」

「でも、旦那様が一生懸命仕事をなさっているのに、自分たちだけ豪華なモン作って食うのもなぁ」

　そう言いながらパンをかじる料理長に、他の使用人たちも頷いている。

「ほら、こんなふうに皆が遠慮するから、ばあやは坊ちゃんに『ちゃんと食事をとれ』と口を酸っぱくして言ってるんだ」

「俺だって、好きで食べないわけではない。ただ、作曲をしていると空腹を感じなくなってだな……」

「感じていなくても、空腹であることに変わりはないだろう！　この前だって、二日も食事をサボって倒れたのはどこの誰だい！」

　一度言い始めると日頃の不満が止まらなくなるのだろう。オルガはここぞとばかりに文句を言い、ジーノはそれを困り顔で受け止めている。

　その様子を眺《なが》める人々の顔は穏やかで、ときに笑いながら言葉を挟む様子は、まるで家族のようだった。

（誰一人血が繋がっていないのに、仲が良いのね）

笑い声と会話が絶えない食卓はとても温かくて、見ているだけで胸の奥がきゅっと締め付けられる。

前の家では一人ぼっちで残飯ばかりの食事が普通だったセレナにとって、温かい食事は憧《あこが》れていたものの一つだ。

「食欲がないのか？」

話を聞くことに夢中で手が止まっていたセレナに、ジーノが心配そうに声をかけてくる。

どうして食べていないことに気づかれたのかと驚いていると、ジーノは自分の耳を人差し指で軽く叩いた。

「お前の音だけを追いかけていたからな」

「そんなことも、できるのですか？」

「目が見えない分、私は人より耳がいい。それに、集中力には自信がある」

そう言いながら、彼はお皿にのせられたソーセージを器用に切り分けていく。

「食欲があるならもっと食べた方がいい。お前は少し痩せすぎているからな」

「体形までわかるのですね」

「足音が軽すぎるし、この前触ったとき、身体に肉がついていなかったからな」

ジーノの言葉にセレナは素直に感心するが、オルガは「坊ちゃん！」と声を上げる。

「若い女性の身体をむやみに触るなんてはしたない！」

「むやみにではない。庭で会ったときに、肩と腕に少し触れただけだ」

「少し？」

「いや、少しではなかったかもしれないが、大目に見てくれ。触れなければ、俺はセレナを感じられないのだからな」

そこでオルガからセレナに注意を向け直し、ジーノは笑顔を浮かべる。

「だからあとで色々と触らせてくれ！」

その台詞に色気はなく、まるで動物に触れたがる子どものような言い方だった。

だからついうっかり頷きそうになったが、それより早く「何言ってるんだい！」と、オルガの悲鳴にも似た叱咤《しった》が食堂に響く。

「いいかい、セレナさん。坊ちゃんに気を許してはいけないよ！　坊ちゃんは調子に乗ると見境がつかなくなるから、嫌なことは嫌だとはっきり言わなきゃだめだ」

それでも止まらない場合は自分を呼べとオルガに念を押され、セレナはこくこくと頷く。

もちろんジーノは不満げで、気がつけばまた、二人の言い争いが始まっていた。

周りの使用人たちは「またか」と笑っているが、自分のせいで言い争う二人を見ていると、セレナは申し訳ない気持ちになってしまう。

「嫌がることなどしないさ。こんな素敵な声の主に逃げられたくはないからな」

安心しろと言って笑うジーノにひとまずほっとしながら、セレナはゆっくりと食事を再開したのだった。

＊＊＊

（……嫌がることはしないって、そう聞いたのは幻聴だったのかしら）

「まずは、これからだ」

そう言って手紙をヒラヒラさせているジーノは今、ソファに座るセレナの太ももの上に頭をのせている。

食事を終え、ジーノに読み聞かせるための手紙を携《たずさ》えて書斎にやってきたセレナだったが、開口一番ソファに座れと言われた次の瞬間には、このありさまだった。

もちろんセレナは驚き戸惑ったが、ジーノは涼しい顔である。

「あの、この状態で読むのですか？」

「ああ。膝枕が一番聞きやすいからな」

「オルガさんに読んでもらうときも、こうしていらしたのですか？」

「いや、ばあやの太ももは硬いから枕には向かない」

自分だってふくよかな方ではないと思うが、ジーノは不思議と満足している。

だがそれでも、この状況は問題だ。屋敷の主人にメイドが膝枕をするなんて、咎められてもおかしくない。

「さすがにこれは、距離が近すぎませんか？」

「嫌なのか？」

「嫌というか、誰かに見られたら怒られそうです」

「主人の私がいいと言っているのだから問題ない。オルガは怒るだろうが、君が責められることはないから安心しろ」

そう言うとジーノはゆっくりと瞼を押し開け、焦点の合わぬ瞳をセレナの方へと向ける。

彼の目には何も映っていないはずなのに、セレナに向けられた灰色の瞳は生き生きと輝いていて、見つめられると不思議と視線を逸らせなかった。

「もちろん、君が不快ならやめるが？」

「不快だなんてそんな……」

ジーノの頭は重いわけではないし、手紙を読むのに邪魔なわけでもない。

気恥ずかしくて身体はこわばってしまうが、不快かと言われればそんなことはないのだ。

「君が嫌なことはしないが、そうでないなら好きにする。俺は、自分で言うのも何だが、かなり図々しくて自分勝手な男だからな！」

胸を張って言うことではないが、得意げな物言いにセレナはつい笑ってしまう。

前の家にいた頃は、母や妹のリーナに仕事を押しつけられてばかりいたが、ジーノの押しつけ方はそれとはまるで違う。

（自分勝手なのは同じなのに、旦那様の図々しさは嫌いじゃないかも）

笑顔を向けてくれるおかげなのかもしれないけれど、多少無理難題を言われても「まあいいか」という気持ちになってしまう。

「それじゃあ読みますね」

「ああ、頼む」

目を閉じ、耳を澄まし始めたジーノを確認して、セレナは手渡された手紙の封を開けた。

側に積み上げられた手紙をざっと見たところ、ジーノの屋敷には毎日何十通もの手紙が届くようだ。

作曲の依頼や、彼の作品への感想などを綴《つづ》った手紙が主たるもので、それらを目の見えない彼に代わって開封し中身を音読するのが、セレナに新しく任された仕事だった。

もちろん膝枕で読み上げるとは思っていなかったけれど、この体勢がいいと言うのだから仕方がない。

「では読みます。聞き取りにくかったら、おっしゃってくださいね」

そう前置きをして、セレナはゆっくりと手紙を読み始めた。

緊張で少し声が震えたけれど、歌手として忙しい母たちに代わって手紙を読むことは時々あったので、そのときのことを思い出しながらゆっくりと言葉を紡《つむ》いでいく。

家では読み間違えるたびにものを投げられたが、途中で詰まってもジーノは咎めることさえしない。

　おかげで緊張は次第にほぐれ、五通読み終える頃には言葉が途切れることもなくなっていた。

「『それでは、愛を込めて。エレノア＝ウェイデス』」

「待て、最後のところをもう一回！」

突然、黙って聞いていたジーノが縋《すが》るようにセレナの腕を摑んできた。

驚きながらも手紙に目を戻し、セレナは読む場所を指でなぞって確認する。

「えっと、名前のところですか？」

「いや、その前を」

「曲を褒《ほ》めるくだりでしょうか？」

「戻りすぎだ！　愛を込めてのところをもう一回……いや三回！」

耳元で頼むと言うので、セレナは仕方なく身体を屈め、彼の耳に口を近づけた。

「『それでは、愛を込めて。エレノア＝ウェイデス』」

「いい、いいぞ！」

「『それでは、愛を込めて。エレノア＝ウェイデス』」

「今度は、もう少しゆっくり」

「『それでは、愛を込めて。エレノア＝ウェイデス』」

「今の言い方、実に素晴らしい……!!」

恍惚とした表情で呻くジーノの幸せそうな様子に、セレナは少し考えたあと、手にしていた手紙をそっと彼の手に握らせた。

途端に、ジーノが驚いたように顔を上げる。

「今、俺の手に触れたか？」

「手紙をお渡ししただけです。あまりに嬉しそうなので、もしかして恋人からのお手紙かと思いまして」

「いや、全然知らん相手だ」

「えっ!?」

じゃあ何であんなに身もだえしていたのかと、セレナの疑問は募《つの》る。

「それより、何故手渡した」

「お手紙から香水の香りがしたので……。もし恋人であるなら、特別な香りなのかなと」

「手紙に香り……？」

言われて初めて気づいたのか、ジーノは手紙を鼻に近づける。

けれどジーノの表情は、華やかな香りには似つかわしくない険しいものになった。

「くさい」

「そうですか？　花の、良い香りだと思いますけれど」

「俺にはちょっと強すぎるな。個人的にはもっと……ほのかな香りが好きだ」

そう言いつつ手紙を折りたたみ、そこでジーノはじっとセレナを窺う。

「例えば、お前の香り。これは、石けんか？」

「は、はい……たぶん」

他に香りのつくものを使った記憶もないので、セレナは頷く。

「お前は声だけでなく、香りもいいのだな」

そう言ってセレナの腹部の方へ身体を向けると、彼はあろうことかセレナの腰に腕を回してきた。

さすがにこれには驚いたが、抱きしめる腕の力は優しかったので、引きはがすべきか迷ってしまう。

「あの、旦那様……」

だがさすがにこの体勢はまずかろうと、セレナは彼の肩にそっと手をかけた。

その途端、ジーノはばっと顔を上げると、転がるようにしてソファから下りた。

というより、落ちたという方が正しいかもしれない。

「旦那様!?」

「……すまん、残りはあとにしよう」

「えっ？」

「浮かんだ」

それだけ言うと、ジーノはがばっと立ち上がり、一目散に部屋を出て行く。

途中テーブルや扉に足や腕をぶつけていたが、あまりの速さにセレナが声をかける隙さえなかった。

「あらあら、また悪い癖《くせ》が出たみたいだねぇ」

そんなとき、ジーノと入れ替わるように部屋に入ってきたのはオルガだった。

おそらくジーノのためにお茶を持ってきたのだろうが、この分だと無駄になってしまいそうだ。

「あの、旦那様はどこへ？」

「たぶん音楽室だろうね。ああなると、しばらくは戻ってこないんだよ」

やれやれと首を振りながら、オルガは茶器ののったお盆をテーブルに置く。

「坊ちゃんは、旋律《せんりつ》が浮かぶと何かに取り憑《つ》かれたように作曲を始めてしまうたちでね」

そうなってしまうと、しばらくは誰の言葉も届かないのだと、オルガはため息をついた。

「この分だと、お昼ご飯までには帰ってこないだろうねぇ」

夕食は召し上がるといいんだけれど、と呟く声には日頃の苦労が滲《にじ》んでいる。

そのとき、廊下の向こうから美しいピアノの調べが聞こえてきた。

ピアノが紡ぐ旋律は、春の日差しを思わせる、暖かくて軽やかなワルツだった。

初めて聴いたはずなのに、どこか懐かしさを感じさせる優しい曲に、セレナはつい聴き惚れてしまう。

「あの、これを旦那様が?」

「ああ、そうさ」

「素晴らしいです。まさかこんなに素晴らしい曲を、あっという間に作ってしまうなんて」

「あの本人からは想像がつかない才能だろう?」

苦笑を浮かべながら、オルガもまたセレナと共にピアノの音色を追うように目を閉じる。

「元々気分屋なところはあったけれど、色々苦労をなさるうちに、彼の偏屈《へんくつ》なお師匠様にどんどん似てしまってね」

「お師匠様?」

「ヴェルノ＝ヴィクトーリオという音楽家を知っているかい?」

オルガの言葉に、セレナは頷く。今は亡き高名な宮廷音楽家で、作曲者としてだけではなく指揮者としても有名な人物だ。

国王の覚えもめでたく、祝い事があるたびに彼は宮廷に呼ばれ、そのつど素晴らしい名曲を生み出してきたと言われている。

その一部はフィレーザで上演される歌劇にも使われていて、セレナも彼の曲には聴き覚えがあった。

「とても力強く、荘厳な曲をたくさん書かれた方ですよね」

「でも彼も相当な変わり者でね……。偏屈で頑固《がんこ》で自分勝手で、今の坊ちゃんから優しさを取って厳しさを足したような方だったよ」

「そういえば、オルガさんは元々ヴェルノ様のもとで働いていらしたんですよね？」

「縁があってね。……ヴェルノ様には、『ジーノのことは頼んだ』と言われているんだ」

遠慮のない付き合いに見えたのは、きっとヴェルノの遺言のせいもあるのだろう。

「坊ちゃんは目を悪くされたあとに、ヴェルノ様の屋敷にやってきたんだ。ヴェルノ様は厳しい方だったけど、いつも坊ちゃんのことを気にかけていて、のちに養子にして自分の持っていた爵位と財産を継がせたんだ」

ヴェルノは生まれながらの貴族だったが、一度も伴侶を得ず親族は誰もいなかったと聞く。

だからきっと、息子のようにかわいがっていたというジーノに全てを譲ったのだろう。

実際、ジーノは作曲家としてもヴェルノに次ぐ天才と呼ばれ、ヴェルノが存命のうちから、彼に代わって宮廷での演奏会用に曲を書くことも少なくなかったという話を、セレナも聞いたことがあった。

「ただあの性格だから、ヴェルノ様も色々と心配していてねぇ……。『あれは危ういところがあるから目を離すな』なんて言われたけれど、今では外にも出かけないし、家に籠もって曲を作るか寝ているかのどっちかになってしまった……」

このままじゃ、お師匠様と同じく結婚できないかもしれないと嘆くオルガに、セレナはかける言葉が見つからない。

そんなことはないと言うのは簡単だけれど、ジーノのあの性格からして、確かに彼の恋人は苦労しそうだ。

「でも素敵な方だし、女性は放っておかないのでは」

「素敵なのは顔だけ、だろう?」

「お優しい方だと私は思いますけど」

少々奇抜なところはあるが、使用人たちへ向ける笑顔を見たセレナは、心の底からそう思う。

だがオルガはそれをお世辞と受け取ったようで、「無理して褒めなくてもいいんだよ」と大きなため息をついた。

「坊ちゃんの容姿だけでなく、中身まで愛してくれるような人なんて、きっと現れっこないのさ」

だからもう、彼を嫌いにならなければ誰でもいい。とにかく誰かもらってくれないかと言うオルガの顔を見れば、彼女の悩みが深いことはよくわかる。

そしてそれを語れる格好の相手を見つけたと思われたのか、オルガはジーノから解放されたセレナを相手に、彼への不満をここぞとばかりに吐き出すのだった。

＊＊＊

オルガの愚痴に付き合わされるうちに、外はもうすっかり暗くなっていた。

ジーノが作曲に没頭している間は洗い物や掃除を手伝っていたのだけれど、その間もずっと横で「坊ちゃんはだらしがない」「坊ちゃんは人として大事なものが足りていない」とオルガがひたすらジーノへの不満を口にするものだから、何だか今日はいつも以上に疲れてしまった気がする。

オルガの話は、彼に対する愛ゆえの愚痴や悩みに思えて最初は微笑ましかったけれど、誰かと長い時間話をすることがあまりなかったセレナは、相づちの打ち方や返事の仕方がわからず、そのせいで少し気疲れしてしまっていた。

オルガが満足そうだったからひとまずは安心したが、これからここで働くならば、もう少し会話の仕方を学んだ方がいいかもしれないとセレナは一人思う。

そんなとき、響いていたピアノの音色がぷつりと途切れた。

どうやらジーノは、頭に浮かんだ旋律を全て奏《かな》で終えたらしい。

「坊ちゃんの様子を見てきてくれるかい？　もし元気そうなら、夕食の席に引っ張ってきておくれよ」

オルガの願いにセレナは素直に頷くと、屋敷の二階にある音楽室へと向かう。

ジーノの屋敷は屋根裏と地下を含めた四階建ての大きなもので、部屋の数は十五もある大豪邸だ。記憶力は悪くないので間取りは頭に入っていたが、それでも音楽室はまだ一度も足を踏み入れたことがない場所で、少しだけ緊張してしまう。

「旦那様、失礼します」

音楽室の白い扉を何度かノックしたが、返事がないので一声かけて中に入る。

すると部屋は真っ暗で、その片隅に置かれたピアノだけが、廊下から差し込む明かりの中にぼんやりと浮かび上がっていた。

どうして窓も開けず明かりもつけないのかと思いかけて、ジーノにはその必要がないのだと思い出す。

「旦那様？」

廊下に置かれた燭台《しょくだい》を手に、セレナは部屋の奥へと進む。

すると、ぐったりとピアノにもたれかかっているジーノが見えて、彼女はさっと青ざめた。

「旦那様、大丈夫ですか!?　旦那様？」

燭台をピアノの側に置き、セレナは慌ててジーノの身体を揺する。

すると、僅かな呻き声をこぼし、彼はセレナの位置を探るように手を彷徨わせ、彼女の細い手を掴んだ。

「旦那様ではなく、ジーノと呼べ。その方がそそる」

拗ねるような声に、セレナはひとまずほっとする。

「申し訳ありません。お加減が悪いのかと思い、お身体に触れてしまいました」

「かまわん。もっと触ってもいいくらいだ」

むしろ触れと腕を引かれ、セレナは身体を起こしたジーノの上に倒れ込みそうになる。

だが、傾いた身体は逞しい腕に支えられ、彼女はジーノの腕の中へ捕らえられた。

彼はそのまま巧みに身体の位置を変えると、セレナを後ろ向きで抱えて、ピアノの椅子に座り直してしまう。

「今何時だ？　もう、暗いのか？」

抱擁《ほうよう》を咎めたかったけれど、何食わぬ顔でそんな質問をされ、セレナは言葉が見つからない。

だがジーノはセレナの返事を今か今かと待ちわびている様子で、彼女は仕方なく彼に話を合わせることにした。

「夕方です。日の入りが早くなってきたので、もうずいぶん暗いです」

「しまったな、今日はお前と庭を散歩しようと思っていたのに」

残念そうに告げてから、ジーノはセレナに回した腕の力を少し強めた。

途端に、セレナの身体はこわばり、戸惑いは増していく。

誰かに抱きしめられた経験はほとんどないし、こういう場合、どうやって腕をほどけばいいかわからない。

「こうされるのは、嫌か?」

戸惑うセレナに気づいたのか、ジーノが首を傾げながら尋ねる。

「嫌、というわけではないのですが……」

ただ単に、どうしたらいいのかがわからないのだ。

そしてそれを言葉にすべきかもわからずにいると、ジーノが小さく微笑んだ。

「なら放さないぞ。お前に触れていると、心地いいからな」

そう言って、ジーノが背中に頬ずりをする気配を感じるが、やはり彼女はどうすることもできなかった。

主人がメイドを抱き寄せ、頬ずりをするなんて、見たことも聞いたこともない。

だからきっとこの状況は間違っているのだろうけれど、ジーノの縋り付き方はまるで餌《えさ》をねだる猫のようで、ついされるがままになってしまう。

「黙るな、何か喋ってくれ」

「そう、言われましても……」

「そういえば、お前のことを何も聞いていないな」

この際だから教えろと言って、ジーノはようやく頬ずりをやめる。

しかしそう言われても、何を教えればいいのかセレナにはわからない。するとそれを察したように、ジーノはセレナの髪に優しく触れた。

「目が見えないと、得られる情報はあまりに少ないのだ。例えば俺は、お前の髪の色もわからん」

「髪は、赤みがかった茶色です。鳶色と言う人もいます」

「長さは？」

「背中までですが、今は結い上げています」

「じゃあ、瞳の色は」

「琥珀色です」

「顔にほくろはあるか？」

「ありません」

質問されるがまま、セレナは一つ一つ端的に答えていく。

だがセレナの情報を聞けば聞くほど、彼の声は不機嫌になっていくようだった。

「わかりやすいが、お前の言葉は短すぎる。そんなに、俺に自分のことを教えるのが嫌なのか？」

「そ、そういうわけでは……」

「それならもう少し長く喋ってくれ。もっと声が聞きたいし、俺はお前が知りたい」

そう言われても、セレナの口からはやはり言葉は出てこない。

自分のことを語る機会など今までになかったし、語るほどのものを何一つ持ち合わせていないのだ。

それが何だか寂しくて、あまりに何も浮かばない自分にむなしさすら感じていると、不意にジーノはセレナから腕を放した。

さすがに呆れられたかと思って振り返れば、ジーノは何か考え込むように首を傾げている。

「お前は不思議だな。あまり喋らないが、壁があるのとも少し違う。俺を嫌っている……というわけでもないのだろう」

「はい、あの……。旦那様は嫌いではないです」

「じゃあ何故喋らない。怒らないから、素直に言ってみろ」

そう告げる声に責める響きはなく、ただ単純に彼はセレナを不思議に思っているのだろうことがわかる。

だからセレナもあえて偽ることはせず、頭に浮かんだことをそのまま語り始めた。

「喋らないのは、苦手だからです。自分のことも、説明するほどのことが浮かばなくて」

「いい声なのに、もったいない」

「いい声だと言われたのは初めてです。むしろひどい声だと言われていたから、極力喋らないようにずっと心がけてきて」

「なるほど、だからか」

合点《がてん》がいったと、ジーノは大きく頷く。

「癖になっているのなら、無口なのも当然だな。……だがお前の声は紛れもなく美しくて素晴らしいものだから、今後はもう遠慮するな」

諭すように言いながら、ジーノはセレナの手を優しく握る。

「むしろその声を誇れ。そしてもっと聞かせろ。短くてもかまわないから一言でも多く俺と会話をしろ」

ジーノの真摯な言葉に、セレナは思わず目を見開いた。

ひどい声だとずっと言われてきたセレナにとって、ジーノの言葉はすんなり受け入れられるものではない。

だが彼に褒められたことで、セレナの心を痛みと共に押さえつけていた重石《おもし》が、少しだけ軽くなった気がした。

「なんなら俺が、今日から調教してやろうか」

「ち、ちょうきょう……？」

「声は抑えるものではなく、表に出すものだとその身体に教え込んでやる」

「――っ⁉」

言うなり、ジーノは突然セレナの身体を抱きしめ、その首元に唇を寄せた。

突然のことにセレナが息を呑めば、少し面白くなさそうな吐息がジーノの口からこぼれる。

「もうちょっと、色気のある声を期待したんだが」

「いろ……け……？」

「ふむ、まださすがに警戒心が強いか。もう少し喉と身体がほぐれないと、声は出そうにないな」

何やら一人でぶつぶつ言いながら、ジーノはセレナの喉を優しく擦《さす》る。

くすぐったいが、やはり息を呑むことしかできずにいると、別のところから「ひゃあああああ」という悲鳴のような声が聞こえてきた。

「坊ちゃん‼　あなたって人は！」

続いて聞こえてきた声はオルガのもので、慌てて入り口の方を見れば彼女は肩を怒らせながらこちらを睨んでいる。

「セレナさんは謝らなくていいんだよ！　どうせ、坊ちゃんが無理やり縋り付いたに決まってるんだから！」

「ごめんなさい、私……」

年齢を感じさせない素早さで二人に近づき、オルガはセレナとジーノの身体を引きはがす。

ようやく解放されたことにほっとしていると、労《ねぎら》うようにオルガがセレナの背中を撫でた。

その優しい手つきに硬くなっていた身体がほぐれ、セレナの口から安堵の息が漏れる。

それが聞こえていたのか、セレナから引きはがされたジーノがはっと顔を上げた。

「今の吐息はなかなか色気があったぞ！　俺の腕の中で聞きたかった！」

「坊ちゃん!!」

「そう目くじらを立てるなばあや。セレナは自分の声が醜《みにく》いと思っているようだから、褒めて自信をつけさせたいのだ」

「だとしても、ものには言い様《よう》があります！」

褒めるなら紳士的にしなさいとオルガは怒るが、ジーノは笑うばかりで、ちっとも反省しているようには見えなかった。

第三章

　人間、どんなことも時間さえあれば慣れてしまうのだなと、セレナはしみじみ実感する。ジーノの屋敷に来て二か月ほど過ぎ、セレナは変わり者の主人と彼のおかしな日常に、なんだかんだで慣れつつあった。

「セレナ、そろそろ俺の名前を呼んでくれ」

「いけません旦那様」

「何故断る！　契約まで交わしたじゃないか！」

「オルガさんから『節度は守れ』と言われていますし、契約の件をお話ししたら、そっちはむしろ守らなくて良いと言われましたので」

　オルガの名を出せばジーノはムッとしながらも黙り、代わりにセレナを抱き寄せようと腕を回してくる。

「こういうのも怒られますよ？」

一方的な要求もあしらえるようになってきたし、背後からセレナを抱きしめようとするジーノの腕を、するりとかわすこともずいぶんうまくなった。

どうしてもと言うので、手紙や新聞を読み上げるときの膝枕や抱擁は許容しているが、それ以外のときはなるべく節度を保てるようになってきたと思う。

「近頃は名刺も読んでくれないし、少しつれなさすぎるぞ」

「これが普通です」

「俺は密着するくらいが丁度良いと思っているんだが」

「時々密着してるじゃないですか」

「だからこそ、名前を呼ぶくらいでそう目くじらを立てなくてもいいだろう」

ジーノはそう言ってむくれるが、セレナからしたら名前を呼ばないことが一番の抵抗なのだ。

ジーノの目が見えないこともあり、抱擁や触れ合いは、強くされるとどうしても拒めない。予期せぬ怪我に繋がったら困るし、何より今まで誰かと触れ合ったことがないセレナは、上手な拒み方がわからないのだ。

だが名前ならば呼ばないように意識することはできるし、呼ばない分会話を長く続ければジーノも最後は渋々引き下がる。

「とにかくだめです。代わりに、今日は寝る前に本を読みますから」

「では、『常夏《とこなつ》の情事、乱れた若妻と音楽家の恋』を読んでくれ」

「それは、オルガさんの持っている大人向けの恋愛小説ですよね……？」

ジーノが口にした小説は、男女の激しい恋と情事が精細な文章で綴られているもので、オルガのみならず、国中の女子がこっそり読んでいると言われる大人気作だ。

それを歌劇にするという噂《うわさ》もあり、その曲を書いてほしいという手紙がジーノのところに届いていた気がする。

「次のお仕事で必要なのですか？」

「いや、あれはもう断った。ただ、お前の喘《あえ》ぎ声を聞きたいだけだ」

「喘ぎ……」

「そういう描写がたくさんあるのだとオルガが言っていたのでな！　名前を呼んでくれないなら、代わりにと思ったのだ！」

「読みません」

途端に、何故だどうしてだと、ジーノは絶望を顔に貼りつける。

むしろ、どうして読んでもらえると思ったのかがはなはだ疑問だ。

「そういう本の朗読は、恋人にお願いしてください」

「だから、俺にはいない」

「ですが、恋文は毎日たくさん届いているではありませんか」

そのどれもが情熱的で、ジーノへの愛に溢れている。

恋人がいたことのないセレナでさえ素敵だと思う愛情の籠もった言葉の数々に、ジーノが心を動かされてもおかしくない。

「素敵だと、そう思うことはないのですか？」

「本心をうまく隠せる手紙など、読んだところで意味はない」

「でもあんなに素敵な愛の手紙を、わざわざ嘘をついてまで書くものでしょうか？」

「俺は目の見えない天才作曲家で、なおかつ金持ちだぞ。結婚したらどれだけ裕福に暮らせると思う。俺が見えないのをいいことにやりたい放題だぞ」

そのために、女たちは自分に言い寄ってくるのだと、ジーノは不満そうな声で言い放つ。

「そういう思惑の有無を、お前は手紙から読み取れるか？」

「そう言われると、返す言葉がありません……」

素直に答えると、ジーノは「素直でよろしい」と満足げに頷く。

「だから俺は、声しか信じない」

「ですが、口で語ったとしても、それが嘘か本当かはわからないのでは？」

「俺にはわかる。ずっと耳だけを頼りに生きてきたから、隠し事があるかないかは判断がつく」

そこで言葉を切ると、ジーノはさりげなくセレナと距離を詰め、彼女の腕にそっと触れた。

「お前の声が好きなのも、そこに偽りがないとわかるからだ。困惑や戸惑いは感じるが、お前の声には打算や欲がない」

甘く潜められた声に、セレナは一瞬どきっとする。

近頃こうして、ジーノの言葉にセレナの心はかき乱される。

異性から「好きだ」と告げられたことなど今まで一度もなかったし、思えば家族にも言われたことがなかったから、動揺しすぎて頭がすぐ真っ白になってしまうのだ。

「だから、俺はお前の声で名前を呼んでもらいたい。喘ぎ声も聞きたい」

欲望に忠実すぎるジーノの言葉に、セレナはどきどきしつつも少しだけ冷静になる。

だがその頃には、ジーノの腕はセレナの腰にしっかり回されていて、二人の距離は恋人のように近づいてしまっていた。

「囁《ささや》くだけでもいいから、名前を呼んでくれないか？」

正面から抱きしめられ、耳元で甘く囁かれると、セレナの鼓動が再び速くなる。

胸が苦しくてひどく落ち着かない気分になり、セレナは慌ててジーノから逃げようと試みた。

けれどきつく回された腕は離れる様子はなく、逃《のが》れることはひどく困難だ。

ならばせめて話題だけでも変えようと、セレナは必死に頭を働かせる。

「そ、そういえば、今日は旦那様のご友人がいらっしゃる日でしょう？　私にかまうよりも、早くお支度をしないと……」

縋り付いてくるジーノの背中をぽんと撫でながら、セレナは彼の乱れた髪に目を向ける。

寝癖のついた髪はまだ乱れたままだし、「首回りが苦しい」という理由で彼はクラヴァットを巻かず、シャツのボタンを三つも開けていた。

そのせいで彼の鍛え上げられた胸元が見えてしまい、それがよけいにセレナをドキドキさせるのだが、ジーノは彼女の戸惑いにはまったく気づいていない。

「来るのはどうせミケーレだ。今更着飾る必要はない」

「えっ、ミケーレ様がいらっしゃるのですか？」

ジーノが口にした名前はセレナのよく知るものだったから、咎めるより先に驚きの言葉が出てしまった。

その途端、ジーノは何故かわかりやすく不機嫌になると、匂《にお》い付けをする犬のようにセレナの首元にグリグリと顔を押しつけてきた。

「まさかとは思うが、お前もあいつのファンなのか？」

「ファン？」

「違うのか？　あいつは無駄に顔がいいらしいし、女どもにやたらとキャーキャー言われているからお前も好みなのかと」

「確かに整った容姿の方だとは思いますが、彼は私より四つも年下ですよ？　それにミケーレ様とは、ファンではなく知り合いなのです」

そもそも、ジーノの屋敷を働き口として紹介してくれたのが、他ならぬミケーレなのだ。

その辺りのことは、ジーノも説明を受けていると思っていたが、顔を上げた彼はまるで今知ったかのように驚いている。

「知り合いとはどういうものだ？　まさか、恋人か？」

そのままガクガクと身体まで揺すられ、セレナはうまく声を出すことができない。

するとそのとき、二人の背後から呆れたようなため息が一つこぼれた。

「僕と彼女が恋人だったら、ジーノは何か不都合でもあるのかな？」

その声に、ジーノとセレナは入り口の方へと視線を向ける。

そこには、今し方話題になっていたミケーレ本人が立っていた。

「ジーノが僕の気配に気づかないなんて意外だね。そんなに彼女に夢中なの？」

歌手としても通用しそうな艶《つや》のある声で言いながら、ミケーレはゆっくりと二人に近づいてくる。

そこでようやくジーノの腕が緩み、セレナは彼の中から脱することができた。

だがほっとしたのもつかの間、今度はミケーレに腕を捕らわれてしまう。

「ひさしぶりだねセレナさん。前に見たときよりずいぶん健康的になっているようで、僕も安心したよ」

そう言って身を屈め、ミケーレはセレナの指先にキスを落とす。

きざな仕草だが、まだ若いミケーレがするとちょっとかわいらしいなと他人事のように思っていると、再びその手をジーノがきつく摑んだ。

「セレナに触るな！」

「こういうときだけジーノは鋭いね。まるで見えてるみたい」

「見えなくてもわかる！　お前は女と見れば見境なく触るしキスをするからな！」

「そういうジーノだって、さっきセレナさんに抱きついていたじゃないか」

「俺は主人だからいいのだ！」

「前から思ってたけど、ジーノってすぐムキになるし、結構大人げないよね」

「まだ十五の貴様に言われたくない！」

ジーノは肩を震わせるが、ミケーレはそれを笑顔でいなす。

一回り以上年が離れている二人だが、軽妙な掛け合いを見る限り、かなり親しそうだ。

もちろん、それを指摘したら二人して怒りそうなので、セレナはじっと黙っていたが。

「そもそも、何故お前がセレナを知っている。どこで知り合った？」

「そこら辺の話も、彼女を紹介したときに話したはずだよ？」

「嘘だ、俺は覚えてない」

「聞いてなかっただけでしょう？　オルガさんはもちろん、ジーノにもちゃんと言ったよ」

何度言われても覚えがないのか、ジーノは首を傾げている。

「あと一応言っておくけど、僕は彼女の恋人ではないよ。まだね」

「まさか、その予定があるのか!?」

「あれ？　もしかしてジーノ、セレナさんを好きになっちゃったの？　女嫌いの超絶変人とまで呼ばれているジーノ＝ヴィクトーリオが？」

「お前、馬鹿にしてるだろう」

「その逆だよ、逆。むしろ今、僕は猛烈《もうれつ》に感動しているんだよジーノ！　てっきりこのまま結婚もせず、行く行くは声フェチの変態ジジイになるのだとばかり思っていたからね！」

傍らで聞いていると馬鹿にしているようにしか聞こえないが、そう告げるミケーレの顔は確かに嬉しそうではある。

一方で、それを聞かされているジーノの方はちっとも嬉しそうではなく、このままミケーレと話していてもらちが明かないと思ったのだろう、彼はセレナの腕を軽く引くと、説明を求めるようにミケーレに顎《あご》を向けた。

「ミケーレ様は、私の妹の恋人なのです。だから私が恋人になる予定もありません」

「ミケーレと気軽に呼んでよ。それに元恋人、だよ。セレナさんの前で言うのはあれだけど、僕たちはあまり相性がよくなくてすぐに別れたんだ」

「それでまさか、そのままセレナに手を出したなんてことはないだろうな」

尋ねるジーノの声がいつになく鋭いことにセレナは少し驚いたが、ミケーレは「いやだなぁ」とどこ吹く風だった。

「あくまでも僕たちは知人だよ。会話したことも、数回じゃないかな」

ミケーレから視線を向けられ、セレナも首肯する。

彼はセレナにジーノの屋敷を紹介してくれた恩人だが、妹のリーナと付き合っていたこともあり、言葉を交わす機会はほとんどなかった。

それに彼は自分より四つも年下だし、弟のように見えることはあっても、異性として見るには少し無理がある。

「ならば何故、俺の屋敷を紹介した」

「そりゃあ、彼女が困っていたからさ。行き場のない女性を、そのまま道に放置できるわけがないだろう、紳士として」

「紳士を名乗るにはまだ早いが、その判断は褒めてやる」

不遜《ふそん》な態度で言い放つジーノに、ミケーレは呆れた表情で肩をすくめてみせた。

「事情は色々説明したはずだけど、本当に何も覚えてないんだね」

「俺が忙しいときに大事な話をするお前が悪い」

セレナが屋敷に来た当初、確かにジーノは音楽室に籠もりがちだった。

作曲に夢中になると周りが見えなくなるジーノなら、話が右から左に流れてしまったのも無理はない。

だからといって責任転嫁をするのはどうかと思うセレナと同様に、ミケーレも彼に呆れているらしく、少し怒ったような顔でセレナとジーノの間に割り入ってきた。

「使用人のことも把握《はあく》できない主人にセレナさんは任せられないなぁ。ただでさえ、ちょっと面倒なことにもなっているし」

「面倒なこととは何だ？」

セレナが尋ねる間もなく、ジーノが怪訝《けげん》そうな声をミケーレに向けた。

「彼女の妹さんが、ちょっとね……」

それまで明るかったミケーレの表情が僅かに陰《かげ》り、彼は窺うようにセレナを見る。

一瞬だけ、ジーノの方を見たところからすると、口をつぐんだのはセレナの家の事情をジーノに話してもいいのか躊躇っているのだろう。

だがミケーレがわざわざやってきたということは、妹のリーナの問題はセレナに関係するものなのだ。

そのせいで、セレナの主人であるジーノにも迷惑がかかる可能性があるならば、むしろ耳に入れておいた方がいいのではないかと思う。

「妹のこと、教えてもらえますか？」

聞かれても大丈夫だという意思を込めて大きく頷けば、ミケーレはどこか安心したように笑みを作る。

それから場所を移し、ジーノに許可されて応接間のソファにセレナも腰を下ろすと、ミケーレはリーナについて語り始めた。

「実は彼女、今更になって君のことを捜しているらしい」

呆れたような声で始まった妹の話は、なんとも身勝手なものだった。

リーナはセレナを追い出しておきながら、今更になって彼女がいない不便さに気づいたらしく、使用人や知人を使ってその行方を捜させているらしい。

ジーノの屋敷に勤めることが決まったとき、セレナはリーナにそのことを伝えなかった。教えようかとも思ったが、面倒なことになりかねないからとミケーレに止められたのだ。

「二か月もたって、今更僕のところに来て『お姉ちゃんを知らない？』なんて笑っちゃうでしょう？　自分が追い出したことを棚に上げて『心配でしょうがないの』とか何様だっての」

ミケーレの言葉から察するに、リーナは彼がセレナたちの事情を知っていることには気づいていないのだろう。まさか新しい働き口をミケーレが斡旋《あっせん》したとも知らず、悲劇のヒロインのように涙を浮かべながら『一緒に姉を捜してほしい』と縋り付いたそうだ。

「僕は適当にあしらって帰ったけど、アイツの本性に気づいてない奴らが、どうやらセレナさんの行方を捜しているらしくてね。見つかれば連れ戻されると思って知らせに来たんだ」

リーナが何を吹き込んでいるかは知らないが、少なくとも自分が追い出したことは隠しているに違いない。

それどころか、セレナが悪者になるような言い方をしている可能性だって十分にある。

「妹が、本当にごめんなさい」

「セレナさんが謝ることじゃないよ。リーナに迷惑をかけられるのには、慣れているしね」

そう言って微笑むミケーレにセレナはほっとするが、一方で珍しく黙って話を聞いているジーノが気になっていた。

ミケーレから語られるセレナの家の事情に対して、彼は適当な相づちしか打っていない。いつものお喋りは鳴りを潜め、ただ黙って聞いている彼は少し怒っているようにも見えた。

（もしかしたら、面倒な荷物を抱え込んだと思っていらっしゃるのかも……）

家族に疎まれ、周囲に迷惑をかけるかもしれない使用人を好ましく思う者はいないだろう。

優しい彼のことだから、いきなり追い出したりはしないと思うけれど、面倒だと思われているかもしれないと思うと、胃の奥がきりきりと痛む。

「リーナの動向には注意をしておくけど、しばらくは君の実家には近づかない方がいい。リーナに気のある役者たちがうろうろしてるからね」

「わかりました、気をつけます」

「あとジーノも、注意してあげなよ」

「ああ。面倒なことに巻き込まれたくはないからな」

返す言葉はどこか突き放すような響きに満ちていて、セレナは申し訳ない気持ちでいっぱいになる。

家のことは伝えていたつもりだったし、そのことで何か問題があれば追い出されてもいいとずっと思っていたはずだった。

けれどいざ、そうなるかもしれないと思うと、不安と寂しさが胸の奥からこみ上げてくる。

この屋敷に来てからまだ二か月ほどだというのに、どうやら自分で思っている以上に、セレナはこの場所を気に入っていたようだ。

「じゃあ、あとは任せたよ」

役目を終えたミケーレは晴れ晴れとした顔で帰って行ったが、残されたセレナとジーノの表情は浮かないままだった。

＊＊＊

ミケーレが屋敷を訪れて以来、ジーノはあからさまにセレナを避けるようになった。

手紙や新聞の読み聞かせも必要ないと言い、最近はオルガと二人でよく書斎に籠もっている。

夕食などは一緒に取るが、心ここにあらずという様子で、他の使用人たちも「何があったんだろう」と心配するほどだ。

オルガにはそれとなく「自分のせいかもしれない」と伝えたが、彼女は気にするなと言うばかりで、その言い方も少しよそよそしい。

理由を聞きたいと思う一方で、その勇気がどうしても出なかった。

(もしかしたら、私の今後のことを相談しているのかも……)

セレナの行方を捜しているリーナは、歌姫と呼ばれた母の後継者としていくつもの歌劇に出演する有名人だ。

それ故、貴族たちや名のある文化人とも交流が深く、社交界でも顔がきくのだとリーナ自身が誇っていた。

だからもし、ジーノの家にセレナがいることを知れば、リーナはその人脈を使ってこの家に乗り込んでくるだろう。

もしかしたら、「ジーノ＝ヴィクトーリオが姉を攫《さら》った」なんてあらぬ噂を立てるかもしれない。

そうなれば彼の名に傷がつくかもしれないし、それを危惧《きぐ》してセレナを別の家にやろうとする可能性もある。

（むしろ、捜されているなら家に帰るべきなのかしら）

使用人は他にもいたけれど、リーナは自分の世話を全てセレナに任せていたから、きっと彼女の不在によって日常生活に支障をきたしているのだろう。

わがままでかんしゃく持ちの彼女に何年も黙って付き合えるのは家族であるセレナくらいのもので、一年以上勤めてくれる使用人はほとんどいなかった。

年々かんしゃくの頻度も高くなっていたし、新しく使用人を雇ったとしても、せいぜい持って一か月だろうなと考える。

ならばきっと、もう二度と彼女はセレナを手放そうとはしないだろう。セレナを疎ましく思う気持ちよりも、いないことの不便さの方がリーナには深刻なはずだ。

きっともう追い出されることはないし、それなら家に帰るべきだろうかと考えた瞬間、胃の奥から唐突に吐き気がこみ上げてくる。

思ってもみなかった自分の反応に、セレナは戸惑いながら駆け出した。

慌てて裏口から外に出て草木の陰になっているところにしゃがみ込めば、吐瀉《としゃ》することは何とか堪えることができたものの、嘔吐《えず》きは治まらず気分は悪くなる一方だ。

リーナのもとに戻ることを考えただけで、胃が痛み、頭の奥が痺れ、不快感が募る。

セレナは今更ながら、虐《しいた》げられた日々が心に大きな傷を負わせていたのだと自覚した。

リーナの側にいたときは、日々の命令に従うのに精一杯で気づかなかったけれど、セレナの心と身体はとっくに壊れていたのかもしれない。

つらい日々を思い出すだけで嗚咽と震えが止まらなくなるくらい、家族との暮らしはセレナにとっては地獄だったのだ。

「おい、大丈夫か！」

茂みにしゃがみ込んでいると、突然、ジーノの狼狽した声が背後から聞こえてきた。

こぼれていた涙を拭い、振り返ろうとしたところで、大きな手のひらに背を優しく撫でられる。

「具合が悪いのか？　どこか痛むのか？」

仰ぎ見ると、そこには心配そうな面持ちでセレナを窺うジーノの姿がある。

「何とか言ってくれ、気配だけでは何もわからないんだ……」

初めて見る苦しげな表情に、セレナは大丈夫だと答えたかった。

けれどまだ喋ることはできず、ジーノもそれを察したのか「すぐにばあやを呼ぶ」と立ち上がろうとする。

（だめ……）

その手を、セレナは無意識のうちに摑んでしまっていた。

長いこと嘔吐いていたせいで言葉は出ないけれど、行かないでほしいという気持ちを込めて手を握れば、ジーノは浮かしかけていた腰をもう一度落とす。

それから彼はセレナの横に膝をつき、少しぎこちない手つきでまた背中を撫でてくれた。

穏やかに上下する大きな手のひらのぬくもりを感じていると、自分はずっと、この大きな手のひらが欲しかったのだと気づく。

母とリーナの仕打ちに涙をこぼすたび、セレナは誰かにこうしていたわってほしかった。

けれどそんな人は誰もいなかったから、いたわってくれる誰かを望む気持ちすら、いつしか忘れてしまっていたのだ。

「呼吸は落ち着いてきたようだが、気分は少しはよくなったか？」

「はい……ご迷惑を……」

「具合が悪いなら言え。お前が苦しそうにしていると、正直焦る」

それから彼は、背中を擦っていた手を動かしセレナの肩と腰の位置を探る。

それにくすぐったさを感じていると、不意にセレナの腰にジーノの腕が回された。

「よし！」

何やら気合いを入れた直後、ジーノは何とセレナを横抱きにして立ち上がった。

「部屋に行くぞ」

突然のことに驚きながら思わずジーノの首に腕を回すと、彼の顔がすぐ側にある。

間近で見る彼の面立ちは精悍《せいかん》で、灰色の瞳を向けられると、見えているわけがないと思いつつも頬が熱くなった。

「あ、歩けます……！」

「鍛えているし、お前は軽いから問題ない」

ただ……と、そこでジーノは少し困ったように微笑む。

「屋敷の方向だけ教えてくれ。焦って飛び出したせいで、自分の場所を把握せずに来てしまったのだ」

「でっ、でしたら歩きます！」

「いや、このままでいい。なんとなく、こうしたい気分なんだ」

有無を言わせぬ声音に、セレナは小さな声で「はい」と答える。

「よし、では行くぞ！」

「旦那様、そちらには木が……」

「すまん、庭師のリチャードに気配が似ていたから油断した」

いつもは目が見えないことなど嘘のようにすたすたと歩いているが、本人が言うように、今日のジーノはいつもとは違うらしい。

「よし、きっとこっちだな！」

「だ、旦那様、そちらはお屋敷と反対方向です」

「じゃあこちらだ！」

「あっ、また木が！」

「くそっ、屋敷の気配など探ったことがないから道がわからん！」

「そもそも、屋敷に気配なんてあるんですか？」

「……言われてみると、ないな」

その後もジーノは見当違いの場所に行きかけたが、彼に抱きかかえられていると、それまであった胸の不快感がみるみる消えていく。

むしろ彼の腕の中で過ごす時間は楽しくて、セレナは戸惑いながらも道案内をし続けた。

＊＊＊

「まったく、王子様気取りも大概《たいがい》になさい！」

オルガや、セレナの不調に気づいた使用人たちに囲まれて、ジーノはまるで子どものように拗ねた顔をしている。

それを見つめるセレナは念のためにと自室のベッドに寝かされているが、気分はもうほとんど良くなっていた。

「坊ちゃんはともかく、セレナさんが怪我でもしたらどうするつもりだったんだい！」

「だが、ちゃんとここまで運んだだろう。どこにもぶつけていないし、落としたりもしなかった」

「たまたま運が良かったからだろう！　セレナさんを抱えて階段を上っているところを見たときは、肝が冷えたよまったく！」

そう言ってぷりぷり怒るオルガに、「もうそれくらいで」とセレナはやんわり止めに入る。

他の使用人たちもそれに賛同したために、オルガはようやく怒りを抑え込んだ。

それに気をよくしたのか、拗ねて小さくなっていたジーノはぱっと顔を上げ、セレナが横になっているベッドの端に腰を下ろした。

「説教が終わったなら、少し二人きりにしてくれ。彼女と話があるんだ」

「なら、ばあやも同席するよ。どうせあの話をするつもりなんだろう？」

「まずは二人きりで話したい。ばあやも同意しているということはちゃんと伝えるから」

含みのある言い方に、セレナの身体がすっと冷えていく。

(もしかして、私の今後のことかしら)

不安を感じて窺うと、部屋を出て行くオルガはどこか申し訳なさそうな顔をした。その表情から察するに、やはり自分は解雇《かいこ》されてしまうのだろう。

唯一部屋に残ったジーノもいつになく真面目な顔をしているし、そうに違いないとセレナは気落ちする。

「具合もよくなったようなら、少し話を聞いてほしい」

改まった言い方にセレナが上半身を起こすと、毛布からこぼれた彼女の手のひらをジーノが優しく包み込んだ。

解雇を言い渡すなら、いっそ冷たく突き放してほしいと思うのに、重ねられたジーノの手のひらは愛おしいものを撫でるかのように、穏やかにセレナの肌をくすぐってくる。

「話したいのはお前の今後のことだ。実はあれから、ミケーレと協力してお前とお前の家のことを少し調べさせてもらった」

「……申し訳ありません、本来なら私自身がお話しすべきことでしたのに……」

「かまわない。俺も、普段なら使用人のことを詳しく調べるなんてしないしな。仕事をしてくれるなら出自なんてどうでもいいんだ。だが、何故かお前のことは気になってな。普段は面倒だと思うんだが、自分でも不思議なことに、お前への興味が止められなくなった」

それからジーノはセレナとの距離を詰めるように、ベッドに座り直す。

「だが驚いた。お前の妹が、まさか歌手のリーナだったとは」

「姿も声も全然似ていないんです、私たち」

「似てないのは性格もだな。ミケーレがこぼしていたが、彼女はずいぶんと性格がねじ曲がっているらしいじゃないか」

ひどいという噂はそれ以前にも聞いていたがと、こぼすジーノにセレナは驚く。家ではともかく、外の妹はまともな顔をしているとセレナは思っていたが、どうやら少し違うらしい。

「人から身勝手だと言われる俺が言うのもおかしなことだが、リーナの評判は、客はともかく演者には最悪だからな。あの歌声だから許されているが、リーナ＝アレッティには二度と曲を書かないと宣言する作曲家を十人は知っている」

「そ、そんなにですか……？」

「ああ。俺にとっては特に魅力的な声でもないし、絶対に関わり合いになりたくないからずっと距離を取ってきたんだ」

ならばセレナが転がり込んだこの状況はさぞや不本意に違いないと、セレナは思わずうなだれる。

けれどそのとき、まっすぐにのばされた手のひらがセレナの頬に優しく触れた。

そこに顔があることを探るように頬を撫でたあと、ジーノの手は俯《うつむ》いていたセレナの顔を優しく上へと向けさせる。

「だが正直、そのことを俺は後悔している。もしリーナと接触していれば、俺はもっと早くにお前の声と出会えていたのに」

告げる声は穏やかで、不満はみじんも感じられない。そのことに戸惑っていると、ジーノはにっこりと笑い、セレナの手を更に強く握った。

「ともかくだ、俺はもうお前を手放す気はない。だから色々と、手を打つことにした。

……というかもう既に、手は打った」

「う、打ったって、どういうことですか？　あの、私てっきり解雇されるものだとばかり

……」

「解雇なんてするわけがないだろう！　お前には、一生俺の側にいてもらうつもりだ」

「いっ、一生？」

「ああ。そのつもりだし、もうそういうことになっている」

断言するジーノに、セレナはただただ唖然とすることしかできない。

なっている、と言うが、もちろんセレナは何も同意していない。むしろそんな話をされると思ってすらいなかった。

けれどジーノは、「もう決めたからな」とどこまでも笑顔である。

「リーナがこれ以上お前を捜さないように、ミケーレに手を回してもらった。あいつは俺と違って、顔もきくし立ち回りもうまいからな」

「手を回したって、いったい何を……？」

「『セレナは金持ちの作曲家に見初められて婚約した』という噂を流し、リーナがこれ以上お前を捜さないよう根回しをした」

「こ、婚約……ですか？」

「幸せな様子だったと吹聴《ふいちょう》すれば、リーナも悪くは言えないし無理には捜せないだろう」

「でも私、そんな予定ありませんし」

「なかったから、予定を立てておいた」

「えっ、ですが相手なんて……」

「いるだろう、目の前に」

　俺が金持ちで丁度よかったなと笑うジーノに、セレナは言葉を失った。

　普通に考えたら何かの冗談にしか思えないが、それを口にしているのはジーノである。

　突拍子もないことをしでかす天才だし、セレナの声に対する異常な執着を思えば、どんなことでもやりかねない。

「で、ですが、それはつまり私を結婚相手にするってことですよ……？」

「むしろ今すぐ結婚してもよかったが、オルガに手順を踏めと言われたので婚約にとどめておいたのだ」

「けれど、そもそも、噂を流せばいいのなら実際にする必要はないんじゃ……」

「ある。俺がしたい」

さすがに今のは空耳だろうと、セレナは思った。

だが、ジーノは「何故怪訝そうな声を出すんだ?」と首を傾げている。

「この前セレナが言ったんだろう。使用人が主人を『名前』で呼ぶのは不自然だと」

「確かに言いました」

「なら、立場を変えればいいと気づいたのだ。婚約者なら、名前を呼んでも不自然ではないからな!」

そんな理由で、ジーノは自分を相手に選んだのかと、セレナは唖然とする。

けれどひどく嬉しそうな顔は、冗談を言っているようには見えない。

「ですが旦那様は爵位もお持ちですし、私なんかでは釣り合いが取れません」

「俺は死ぬまで独身のつもりだったし、知り合いはもちろん、目をかけてくださる国王陛下でさえ、俺が結婚できると思っていないのだ。だからむしろ、俺のような変態に付き合うなんて心が広いと尊敬されるはずだ」

「国王陛下にまで変態だと思われているんですか……」

「陛下もなかなか良い声をお持ちでな。熱烈に褒めたら『お前は気持ち悪いな！』と言われたぞ」

ジーノの勢いと突飛な発言に呑まれ、セレナは言葉を挟むことができなかった。

「どうせ俺は誰とも結婚できないだろうし、ならばお前を妻の座に縛り付けてその声を永遠に堪能したいと思ってな」

「この先運命のお相手が見つかるかもしれないとは思わないのですか？」

「運命と言うなら、お前がその相手だ。俺はその声を一生側で聞いていたいし、名前を呼ばれたい！」

ジーノは言い切るが、セレナはもちろん同意できなかった。

確かに声は気に入られているようだが、セレナ自身のことを好いている様子はみじんもないのだ。

そしてそのことに、何故だか胸の奥がちりちりと痛む。

「黙っているが、嫌なのか？」

「私でいいとはどうしても思えなくて」

「何度も言うが、俺がお前を欲しいと言っているのだ。だからお前が嫌でない限り、俺はお前と婚約したい！」

鼻先が触れ合うほどぐっと距離を詰められ、ジーノの熱い言葉と吐息が唇にかかる。

それだけでセレナの顔は真っ赤になるが、それを知らないジーノは距離をとろうともしない。

「欲しいものは何だって買ってやるし、したくないことはもう何もしなくていい。ただ俺の名前を呼んで、側で声を聞かせてくれるなら二度と不幸にはしない」

「別に私は、物やお金が欲しいわけじゃありません」

今のような生活こそ、ずっと夢見てきたものなのだ。

理不尽に殴られず、怒られず、笑っても「不快だ」と言われて水をかけられることもない。

寝る場所も食べ物もあって、使用人たちも良くしてくれて、これ以上ないほどセレナは幸せだった。

「今でも十分すぎるほどです」

「お前は無欲だな。ならば、もっと幸せになれると証明してやろう」

「どうしてそこまで……」

「このまま、俺ばかり悔しい思いをするのは嫌だからだ」

何を悔しがっているのかと思っていると、ジーノは僅かに俯いた。

その拍子にお互いの額が優しく触れ合うが、更に赤くなるセレナとは違い、ジーノは特に気にもしていないようだ。

「理由はわからないが、ミケーレからお前とお前の家の話を聞いたときからずっと、無性に悔しくてたまらないんだ。お前が不当な扱いを受けていたことも、それを知らなかったことも、家を追い出されて途方に暮れるお前に手をさしのべたのがミケーレだったことも、悔しくて仕方がない」

そしてその理由がわからず胸も苦しいと告げるジーノの声は、辛そうな響きに満ちていた。

「こんな気持ちは初めてだ。お前が一番辛いとき、手をさしのべられなかったことがたまらなく苦しい」

だからこうすると決めたんだと、ジーノは呟きながらセレナの頬に添えていた手をゆっくり彼女の背中に回す。

「嫌でないのなら、俺を助けると思って婚約しろ。そうすればきっと、このもどかしい気持ちから解放される気がする」

告げる声は悲壮感に溢れていて、セレナはジーノの背中にそっと手を回していた。

それから、先ほど彼がしてくれたように背中を撫でると、ジーノがセレナの肩に頭を預ける。

彼との婚約が最善の策とは思えないが、縋り付くジーノを無下にすることはセレナにはできない。

それにやり方は突飛だけれど、きっと彼なりにセレナを救おうと努力してくれたのだろうというのもわかる。

彼の優しさに見合うほどのものをセレナは持っていないが、だからこそ彼が安心できるというなら、側にいると約束するのもいいのではないかと思えた。

「それでは、旦那様に運命のお相手が現れるまで、お側にいてもかまいませんか？」

「お前が運命の相手だ」

「ですが、人生はどうなるかわかりません。だから、旦那様が心から愛せる誰かが現れるまでよければ、お側にいさせてください」

セレナの言葉に、ジーノは少し不服そうにしていたが、それでもセレナから同意を得られたことは嬉しかったのだろう。

「いいだろう。だが、その前にまずはその『旦那様』というのをやめよう」

「い、今すぐですか？」

「ああ、今すぐだ」

一秒でも早くという顔で迫ってくるジーノに、セレナは覚悟を決めた。

「ジーノ様……で、よろしいですか？」

躊躇いつつ名前を呼んだ瞬間、ジーノが「うっ」と小さく呻く。

「申し訳ありません、だめでしたか？」

「その逆だ。感動と、爆発しそうな色々なものを堪えたら声が出た！　もう一度だ、いやあと十回！」

言いながら、ジーノが更にぎゅっと、セレナを抱きしめる。

さすがに少し苦しくなって咳《せ》き込むと、そこでようやく身体を放してくれた。

「悪い、興奮しすぎた」

「いいえ、大丈夫です」

「なら、呼んでくれるな？　十回か、いやもっとがいいな！　今日から一生、数え切れないくらい何度も、俺の名を呼んでくれ！」

目を輝かせるジーノは子どものようで、セレナは戸惑いながらも小さく頷く。

「ぜ、善処します」

声は少し震えてしまったけれど、向けられたジーノの表情は、かつてないほど幸せそうなものだった。

第四章

ジーノとの婚約にセレナが戸惑う一方で、屋敷の者たちは驚くほど平然と二人の新しい関係を受け入れていた。

「突然だが、セレナと婚約した！」

使用人たちを集めた席でジーノが何の前触れもなく言い出したときも、咎めるどころか歓迎の声しか上がらず、皆「おめでとう」と微笑むばかりだったのだ。

使用人である自分とジーノでは釣り合いが取れないと、反発される覚悟をしていたセレナとしては、温かな反応がまだ少し信じられないでいる。

中でも一番戸惑ったのは、ジーノの言葉を聞いた途端、オルガが目に涙を浮かべたことだった。

ジーノに厳しい彼女だから、「また馬鹿なことを言って」と怒り出すと思っていたのに

「本当によかった」とハンカチで目頭を押さえている。

「セレナさん……いやセレナ様が坊ちゃんを受け入れてくれて、ばあやは安心したよ」

オルガがしみじみとこぼしたのは、使用人用の部屋から新しい寝室へと荷物を移していたときだった。

装飾も調度品もあまりに立派すぎる寝室に気後れしていると、ベッドを整えていたオルガが不意にぽつりと呟いたのだ。

「いつも通りに呼んでください。それに私、褒められるようなことは何も……」

「いえ、今日からはセレナ様と呼ばせてもらうよ。セレナ様は坊ちゃんの特別な人だからね」

そう言うオルガにそっと近づき様子を窺うと、彼女の瞳はまだ潤んでいるように見えた。

「あの、オルガさんは反対ではないのですか？」

部屋にはオルガとセレナの他に誰もいなかったが、口からこぼれた声は小さく掠れていた。

その情けない声に、オルガははっとして涙を拭う。

「こんなにも嬉しいことを、反対するわけないだろう」

それからオルガは背筋をのばし、いつもの勢いでセレナと距離を詰める。

「一応確認しておくが、坊ちゃんに無理強いされたわけではないんだね？　本当に嫌だったら断ってもかまわないんだよ。このばあやが、びしっと鉄拳制裁してやるから！」

「確かに強引なところもありましたけど、自分の意思で承諾しました」

「ならよかったよ。セレナ様に断られたら、坊ちゃんはもう二度と結婚できないだろうと思ってたんだ」

本人も言っていたが、どうやらジーノの周りの人たちは彼の結婚を本気で諦《あきら》めていたらしい。

目は見えないが、才能があって見目も麗しく、性格だって優しい彼ならばいくらでも相手がいそうなのにと考えていると、オルガが不意にセレナの肩にぽんと手を置いた。

「セレナ様には猫みたいになついてるけど、坊ちゃんは極度の人見知りな上に変人だろう？　その上若い頃に女性で苦労したこともあったし、女を見るだけで顔をしかめるありさまなのさ」

オルガはしみじみと言うが、セレナは顔をしかめる彼を想像することができなかった。

「だからもう、セレナ様になつき始めたときは『このチャンスにかけるしかない！』とこっそり思ってたんだよ。坊ちゃんが不適切な接触をするたび、セレナ様に嫌われたらどうしようかとハラハラしてねぇ」

「私はてっきり、使用人と必要以上に触れ合うなという意味かと……」

「表向きはね。でも本音は『頼むから坊ちゃんを嫌わないでほしい』とそればかりだったし、セレナ様が坊ちゃんに寛容《かんよう》なのを見てかなり期待していたんだ」

　だからもういっそのこと結婚の約束を取り付けてしまいなさいと、オルガは裏で背中を押していたらしい。

　このところずっと二人で部屋に籠もっていたのも、ジーノがようやくその気になってきたので、色々と準備をしていたからだそうだ。

「てっきりクビにされると思っていたので、とても意外です」

「クビにするわけないだろう！　セレナ様はメイドとしても優秀だったし、手放すなんてありえないよ」

「でも、妹の件でご迷惑をかけるかもしれませんし……」

「ああ見えて坊ちゃんはこの国一の作曲家とまで言われる天才だし、人見知りなりに、必要な人脈は持ってるんだ。多少火の粉が降りかかったところでどうってことないさ」

　変人だけど、彼の周りには不思議とまともで善意ある人たちが集まるしねと、オルガはにっこり笑う。

「だからセレナ様の心が許すなら、坊ちゃんの側にいてくれないかい？　その方が双方のためにもきっといいはずだよ」

　そう言って手をぎゅっと握られると、ジーノの幸せを願うオルガの切実な思いが伝わってくるようだった。

「坊ちゃんの相手は、セレナ様しかありえないしね」

今までずっと、家族から不要な存在として扱われ続けてきたセレナには、まだその言葉をすんなり信じることはできない。

けれどオルガの幸せそうな顔を見ていると、水を差すこともできず、セレナは「がんばります」と半ば自分に言い聞かせるように呟いた。

＊＊＊

オルガだけでなく、使用人たちからも口々に「おめでとう」と言われているうちに、気がつけば夜も更け始めていた。

新しくあてがわれた部屋は広すぎて落ち着かないが、婚約者であるセレナが使用人用の部屋にいるわけにもいかない。

(受け入れるって決めたんだから、ジーノ様の婚約者らしくしないと)

ジーノにふさわしい相手が現れるまでの期限付きの関係ではあるが、それでもジーノの婚約者には違いないのだから、迷惑をかけるようなことがあってはならない。

だから広すぎる部屋も、オルガから「これを是非着てほしい」と手渡された夜着も、自分には不釣り合いだと思いながらもセレナは受け入れた。

けれど一人きりで部屋にいると不安がこみ上げてくる。

ベッドに横たわり、肌触りの良いシーツをそっと撫でていると、何だかいけないことをしているような、そんな気分にまでなってくるのだ。

つい二か月前まではベッドさえなかったことを思うと、今見ている全てが夢のように思え、いつものように手の甲をつねりたくなってくる。

だが指先を手の甲に当てるより早く、部屋の扉が勢いよく開かれた。

飛び起きてそちらを見ると、部屋着に着替えたジーノが悠々と部屋に入ってくるところだった。

「待たせたな！」

待たせたも何も、彼がこの部屋に入ってくる理由がセレナには理解できない。

しかし後ろ手に扉を閉めたジーノは何故か嬉しそうに微笑んでいる。

驚きすぎて声が出せず、その場から動くこともできずにいると、ジーノは気配を探るように辺りを少し見回し、それからセレナのいるベッドの方に顔を向けた。

「もしかして、寝ていたか？」

「い、いえ……」

起きていましたと震える声で告げると、彼はまっすぐな足取りでベッドへとやってきた。

そして、何かを確認するように、セレナのいるベッドの縁を何度か撫でたあと、腰を下ろす。

「いつも以上に声が細いが、緊張しているのか？」

尋ねるジーノの声はひどく優しげで、それに励まされるように、セレナの口からも途切れ途切れだが声が出始めた。

「突然いらっしゃるので、驚いてしまって」

「お前の甘い声を聞けると思うと、いても立ってもいられなくてな」

「私は甘い声ではありませんよ……？」

低く掠れた声は、自信なさげに響くばかりで甘いなんて言われたことはない。

ジーノが何を期待しているのかはわからないが、声に突然変化が起こるとは思えないセレナは、不安げに喉を押さえる。

その仕草をなんとなく感じ取ったのか、ジーノはおかしそうに笑った。

「安心しろ、俺が出せるように調教してやる」

それから彼はベッドに乗り上げ、セレナの側に膝をつく。

急に縮まった距離に、セレナは慌てて側の毛布を身体に巻き付けた。見えていないとはいえ、薄い夜着しか身につけていない身体でジーノの側にいるのは妙に恥ずかしかったのだ。

「お休みになるなら、ご自分の寝室で寝てください。私その、もう着替えてしまって」

「知っている。その夜着を渡せとオルガに頼んだのはこの俺だからな」

毛布の隙間《すきま》からこぼれた夜着の裾《すそ》を手に取り、ジーノは唇をそっと押しつける。

自分にキスされたわけでもないのに、その扇情《せんじょう》的な仕草にセレナの身体はじわりと熱くなり、胸が大きく跳ねる。

未だ感じたことのない身体の変化に戸惑っていると、ジーノがセレナの身体に触れようと腕をのばした。

「逃げるな」

短い言葉には有無を言わせぬ響きがあり、セレナの身体は石になったかのように動かない。

そうしていると、ジーノの指先がセレナの頬に触れ、探るように顔の輪郭《りんかく》をそっと撫でられた。

毛布越しではあるが、お互いの膝が触れ合うほど身体の距離も縮まっていた。

「あの、何をなさっているのですか……？」

「確認だ」

「確認？」

「お前はもう俺の婚約者だからな。俺は色々と知る権利があるだろう？」

顔の輪郭を撫でていた手が、今度はセレナの頬や鼻に触れる。

壊れ物に触れるかのようにゆっくりと肌の上を滑《すべ》る指先がくすぐったくて、セレナは僅かに顔をしかめた。

「こうされるのは嫌か？」

「いえ、くすぐったくて」

「我慢してくれ。俺はこうしないと、お前をちゃんと認識できないのだ」

静かな言葉と共に、ジーノはゆっくりと瞼を開けた。

色のない瞳はセレナを捕らえてはいなかったが、代わりに指先がセレナの全てを知ろうとするように頬を何度も行き来する。

「本当はもっと早くにこうしたかったが、オルガの監視がきつかったので我慢していた」

「そういえば私、ジーノ様に容姿のことをきちんとご説明していなかったですね」

今更ながら、さほど綺麗ではないと伝えていなかったことを後悔する。

「髪の色や目の色は教えてもらったぞ」

「でも顔の作りは……」

「謙遜《けんそん》するな。お前は美しい」

指先でそっと唇をなぞりながら、ジーノは優しく微笑む。

「お前みたいな美しい女なら、男が放っておかないだろうな」

「美しくないです。寝る前にオルガさんが綺麗にしてくれたので、いつもより肌は柔らかくてすべすべしているかもしれませんが、顔立ちは子どもっぽいと言われますし……」

「確かにお前はずいぶんと目が大きいようだ」

「わかるのですか？」

「そのために触っている」

それからジーノはどこか楽しげにセレナの額を撫でた。

「綺麗な眉をしているし、額は広すぎず狭すぎず、丁度良い。それに鼻筋も通っているし、気になるところがあるとすれば頬が少しこけていることくらいか」

「このお屋敷に来て、ずいぶんと肉付きは良くなったのですが」

「まだまだだな。お前はもっと食べた方がいい」

もう少し肉をつけろと顔を撫でながら、ジーノは最後にセレナの唇に優しいキスを落とした。

不意打ちに驚いて身を硬くするセレナに気づいたのか、ジーノは彼女の頬を人差し指でつつく。

そのせいでよけいに硬直してしまうが、彼はそれすらも楽しいのか、更に何度か頬をつついた。

「今まで、男と触れ合ったことがないと言っていたが、本当のようだな」

「男の人どころか、人と触れ合ったことがあまりなくて……」

「だが俺は、触れなければお前を感じられない。だから、遠慮はしないぞ」

頬に触れていた手のひらが肩へと下りて、夜着の上からセレナの背中を撫でる。

顔を撫でられていたときとは違うくすぐったさに身を捩《よじ》ると、ジーノはゆっくりと身体の位置を変え、後ろから抱きかかえるようにしてセレナを腕の中に閉じ込めた。

緊張で動くことさえままならなくなっていたセレナは逃げるタイミングを完全に失い、肩を撫でるジーノに翻弄《ほんろう》されるばかりだ。

「あの、少し近すぎませんか……？」

「婚約者なのだからこれくらい当然だ。それに、目の見えない俺からしたら、まだ遠すぎるくらいだ」

これ以上近づくなんてどうするのだろうかと考えてから、セレナは今更のように、ジーノの肌が先ほどより熱を帯びていることに気がついた。

「ちなみに聞くが、男女が裸で行うことについての知識はあるか？」

「は、裸……!?」

「……その言い方は、まさか、ないのか？」

男性経験はなく、その手の知識も乏しいセレナだが、恋人の絶えない母や妹と暮らしていたため、何をするかくらいはもちろん知っている。

二人は屋敷のあちこちで行為に及ぶため、掃除中にかち合ってしまったこともあるし、部屋から漏れ聞こえる獣《けもの》のような声が屋敷には毎晩響いていた。

「見たことはありますが、したことは……」

「つまり、お前の淫《みだ》らな声は誰も聞いたことがないということだな！」

「み、淫ら……!?」

そこでようやく、セレナはジーノが自分を抱くつもりなのだと気づいた。

「お前は俺に身をゆだねていればいい。目は見えないが、お前を気遣える程度の経験はある」

安心しろと笑うジーノに、何故だか胸の奥が僅かに痛む。わかってはいたが、やはり彼は女性と何度か関係を持ったことがあるのだ。

一方セレナはジーノを満足させられるかと不安になる。同時に、戸惑うことなく彼に身体を差し出そうと考えている自分に驚いた。

近頃は結婚するまで操を立てる者は少ないし、仮にも婚約者なのだから身体を重ねるのもおかしなことではないけれど、それでもセレナはどちらかといえば男女の行為を好ましく思っていなかったはずだ。

けれどジーノが自分を求めていると感じたとき、セレナは嫌悪感を抱かなかった。

むしろ自分が彼の好みに合わず、幻滅されたらとそればかり考えていた。

「不安そうだが、いきなり乱暴をするつもりはないから安心しろ」

察しの良いジーノは優しい笑みをこぼすと、セレナの髪に優しく口づける。

「まずは、お前に触れて確認させてもらう。俺はあまりにお前を知らないからな」

「……あっ」

「もっと身体の力を抜け、今夜はまだ最後まではしない。ただ、身体の形や、肌の質感、触れたときにお前がどんな声を出すかを覚えるだけだ」

耳元にこぼれた甘い囁きと共に、ジーノの右手がセレナの首筋を撫でた。

すると無意識に声が漏れ、セレナは慌てて手で口を押さえる。

「口を押さえるな」

「でも今、変な声が出てしまって……」

「綺麗な声だ。もっと聞かせてくれ」

口を押さえていた手を下ろされ、今度は先ほどよりゆっくりとジーノの指先が首に触れる。

「ンっ……くすぐったい……です」

「くすぐったいだけか？」

「くすぐったくて……声が……」

「声は我慢するな。何も聞こえなくなると、不安になる」

切実な声に、セレナは戸惑いながらも頷いた。

「はい……ッン……！」

こぼれる声は上ずるばかりで恥ずかしいけれど、目の見えない彼にとって、音がいかに大事なものであるかはセレナもわかっている。

「綺麗な首筋だ。ここは前にも触れたが、今後はもっと遠慮なく触れたい」

「遠慮……していたのですか……？」

「もちろんだ。それに、触れていたのはいずれこうするときのためだ。最初の頃は近寄ったただけで逃げ出しそうだったからな。まずは自分に慣れてもらう必要があった」

これまでの彼の行動を思うと遠慮していたとは到底思えないが、それでもジーノにはジーノなりの気遣いがあったらしい。

「で、では、ジーノ様はずっとこうするつもりだったのですか？」

「お前の声に心が震えたときから、いずれ甘い嬌声を聞くと心に決めていた」

「……ぁあッ」

首筋に触れていた手が突然乳房を掬い上げ、驚いたセレナの口からは再び無意識の声がこぼれてしまう。

「思っていた以上に大きいな。それに感度もいいらしい」

「……おやめ……ください」

「やめるわけがないだろう。お前の身体も、その甘く掠れる声も、もう俺のものだ」

胸を大きく揉みしだかれると、腰の奥がむずむずして身体が震えてしまう。その不思議な感覚に心が落ち着かなくなり、セレナは身を捩りながらジーノの腕から逃れようとする。だが、いつの間にかジーノの右腕は彼女の腰をがっちりと抱き寄せていた。

「逃げるな。不快なわけではないのだろう？」

「わかりません……ただ変な気持ちになってしまって……」

「変とは何だ、具体的に言ってみろ」

「落ち着かないのです……。ざわざわして、何だか怖くて……」

「怖がることは何もない。痛いことはしないし、こうすると気持ちよくなってくるだろう？」

ジーノの指先が、熟れ始めたセレナの頂《いただき》を夜着の上から優しく擦る。

確かにそれは痛みとは無縁の、どちらかと言えば優しく甘い痺れを生み出す手つきだった。

「んッ……」

「その声は、気持ちいいときにこぼれるものだ」

確かに、彼の言うように、頂を擦られた瞬間、むずがゆさと共に身体を走ったのは、得も言われぬ心地よさだった。

胸の先がじんと痺れたかと思うと、腰の奥が熱く蕩《とろ》け、快感に震えた太ももをセレナはむずむずと擦り合わせてしまう。

「だんだん、セレナの好きな場所がわかってきた」

言いながら、ジーノは先ほど撫でていた首筋に唇を落とし、ちゅっと吸い上げる。

その上でもう一度、今度は先ほどより強く乳輪ごと擦り上げるものだから、セレナの身体はびくんと大きく弾《はず》んでしまった。

「ッ……やぁ…ッだめ……」

けれど刺激はやまず、何度も身体が跳ねるのに唇も指も離してくれない。

「ンッ…アッ、やめ……やぁ……」

自分でも驚くほど高い声が出て、そこでようやく首への刺激が遠ざかる。

「その声が聞きたかった」

耳元でジーノが囁いた瞬間、触れられたわけでもないのに、身体の奥がかっと熱くなる。

「だがまだ足りない」

腰を押さえていたジーノの手が、脇腹を優しく撫で上げる。

だがそこで、セレナははっと身を硬くした。

「だめ……そこは……」

思わず逃れようとしたのは、セレナの右の脇腹には小さな傷があるからだ。

顔に触れ、美しいと断言したジーノはきっと、セレナの身体もまた綺麗だと思っているに違いない。だから傷に触れ、その上傷の理由を知ってしまえば幻滅されてしまう気がしたのだ。

だが止める間もなくジーノはそこに触れてしまい、怪訝そうな顔をする。

「怪我をしているのか？」

「ずいぶん前の傷です……」

「もしや母と妹に、やられたものか？」

静かな怒りを滲ませる声に、セレナは答えを躊躇う。

彼の言うとおり、身体の傷は二人にやられたもので、今彼が触れている他にもたくさんの傷が残っている。

そしてそれらは全て、セレナの至らなさが原因でつけられたものなのだ。

暴力の理由には理不尽なものも多かったが、そもそも二人がセレナを嫌うのは自分が二人の理想に添わなかったせいだ。

二人のような才能もなく、それを補うだけの器量もなく、当時も今も自分はぶたれても仕方がない存在なのだと思っている。

そんな卑小《ひしょう》な自分をジーノには知られたくなかったけれど、黙り込んだセレナを責めるように、彼は彼女をきつく抱きしめた。

「黙らずにちゃんと教えろ。どうしてこんなものをつけられた」

「それは……」

「お前を怒ったりはしないから、言ってみろ」

傷を撫でながら不意打ちのように優しく懇願《こんがん》されると、不思議と隠し事をしても無駄な気がしてしまう。

それでもずいぶん長いこと悩んだけれど、結局音《ね》を上げたのはセレナの方だった。

「子どもの頃、リーナが大事にしていたハンカチを汚してしまったことがあって……。怒った彼女に、フォークで……」

「まさか刺されたのか？」

「深くはなかったのですが、傷は残ってしまって」

さすがにあのときは母が慌ててリーナを止め、病院にも連れて行ってもらえた。

以来、先の鋭い物を用いた暴力はなかったけれど、それでも物を投げられたりすることはあり、当たり方が悪いと、肌が裂け、傷が残ってしまうことがあった。

「他にもあるのか？」

「私、何度も二人を怒らせてしまって……それで……」

たどたどしい言葉で、セレナは自分の身体と家族から受けた暴力のことを説明する。

だがジーノはそれを聞いてもセレナに幻滅する様子はなく、むしろ先ほどよりずっと優しく傷を撫でてくれた。

「お前を傷つけるなんて、俺には理解できんな」

「でも私は、家族にするには好ましくない人間なのだと思います」

「そんなことはない。お前ほど俺を喜ばせてくれる者はいないし、喜ばせてやりたい女はいない」

ジーノの言葉にセレナは驚くが、彼の声にはお世辞や嘘が混じっているようには聞こえなかった。

「お前は俺を不快にはしないし、俺もお前を不快にするつもりはない。だから、傷を触れたくないならそう言え」

ジーノの気遣いが嬉しくて、セレナの胸が優しく疼《うず》く。

だからこそ、セレナは彼にうまく言葉を返せない自分に気づき、もどかしさを覚えた。

「正直わからないのです。今まで、見られたことも触られたこともなかったから……」

「……そうか。それなら試してみよう」

どこか楽しげに言う彼は、戸惑うばかりのセレナを咎めたりはしない。

それに安心したセレナは、ジーノの望むがまま、彼の行為を受け入れたいと思い始める。

「さあ、お前のことをもっと教えてくれ」

愛撫を再開したジーノの指先は先ほどより更に優しくて、セレナの身体から少しずつ力が抜けていく。

「気分は悪くないか？」

「悪くないです、むしろ……」

心地いいと言いかけたが、それを口にするのは恥ずかしくて、慌てて言葉を呑み込んだ。

だがジーノはセレナが何を言いかけたのかわかったのか、嬉しそうに笑った。

「では続けよう。もっと、気持ちよくしてやる」

脇腹を撫で上げていた手が夜着をたくし上げ、露《あらわ》になった肌の上をゆっくりと探っていく。

「あ……そこ……」

「背中が弱いのか？」

「わかりません……あっ……でも…ゾ…クゾクして……」

細く浮き出た背骨に沿って、ジーノの手のひらがゆっくりと臀部《でんぶ》に向かって下りていく。

それにあわせて腰の奥がじんわりと熱くなり、セレナの肌は朱色に染まり、震えた。

「もっと奥に触れて欲しそうな腰つきだ」

「おく……？」

「きっと気に入る」

直後、背中から腹部に回された手がドロワーズの中へと滑り込んだ。

「そこは……やぁ……」

同時に胸への愛撫を再開され、セレナの腰が喜悦《きえつ》に揺れる。

その隙を突くように、ジーノはまだ誰にも触れられたことのないセレナの秘所を指で探り当て、既に濡れ始めていた入り口を強く擦り上げた。

「……ゃぁ……やっ……だめ……」

「嘘はつくな。お前の声は、気持ちよさそうに震えているぞ？」

「汚い……です……」

「汚くなどない。それに気持ちいいだろう？」

くちゅくちゅと音を立てながら、ジーノの指が蜜壷の入り口を行ったり来たりすると、確かに、感じたことのない心地好さが腰の奥に広がっていく。

特に蜜で濡れた芽の先端に指先が触れると、腰が跳ねるほどの刺激が弾け、セレナの口から淫猥《いんわい》な吐息が漏れた。

それだけで十分おかしくなりそうなのに、彼はもう片方の手でセレナの乳房をしごき上げた挙げ句、首筋に淫らなキスまで落としていく。

三つの刺激が混じり合うと、セレナの身体を熱と快感が走り、頭の芯が蕩けてしまいそうだった。

「質問にまだ答えていないぞ？　気持ちいいなら、素直に言うんだ」

「……あぅ……いい…です……」

「わから……ンッ……ない……。胸も……首も……腰も、変に……」

混じり合った刺激は全身を駆け巡り、今や手の指先からつま先に至るまで、もたらされた快感によってピンと突っ張ってしまっている。

自分の身体が自分のものではないように思え、愉悦《ゆえつ》の生まれる場所をたどることなど、とてもではないができそうにない。

「セレナは、感じるところがいくつもあるのだな」

言いながら、ジーノの指先がセレナの蜜壺の中にヌプリと入り込む。

初めての刺激と異物感に、気持ちよさより恐怖が勝るが、入り口の上にある花芯をきつく擦られた瞬間、再びセレナの身体を熱が走った。

「これが、お前の中か……」

「な…か……」

「とても熱くて狭いな」

「そんな……おく……いかないで……」

「まだ入り口だ。それにこの奥に行くには、もう少し慣らさなければ」

そう言って、溢れ出る蜜を掻き出すように、ジーノの指がゆっくりと抜き差しを始める。

「あ……んっ、やぁ……」

「どこが一番いい？」

最初は恐怖すら感じていたはずなのに、セレナの中を広げるように上下する動きに、彼女の口からは甘い震えがこぼれ始めていた。

「いい声だ。そのままもっと、淫らに鳴いてくれ」

「ジーノ……さま……アアッ…やぁ……」

胸や首筋からの刺激とは違う、痺れるような疼きはセレナの羞恥《しゅうち》を押し流し、今や彼女はジーノに乞われるがまま、吐息と共に淫靡《いんび》な声をこぼし続ける。

恥ずかしさからの抵抗がセレナの中から消え去ると同時に、得体の知れない熱の渦《うず》が、彼女の身体と心を翻弄する。

「へん……に、ン、おかしく、なって……」

「悦《い》きそうなのか?」

「いく……。アッ……やぁ、あつ……い」

愉悦と共に、何か激しいものがセレナの身体を支配しようと迫っているようだった。

その正体を知りたいのに、意識はジーノがもたらす快楽に囚われてしまい、迫り来る熱を冷ます手段はない。

「声も気持ちも抑えつけるな。身を任せて、乱れた姿を俺に感じさせてくれ」

セレナの中を行き来する指の動きが荒々しさを増し、ジーノは噛みつくように彼女の首筋に乱暴な口づけを落とす。

彼がもたらす刺激の全てがセレナを乱し、それにあらがう術など持たない彼女は、ガクガクと身体を震わせることしかできない。

（あつい……身体が……とけてしまいそう……）

「あっ、ン、やぁ……あぁあああ！」

言葉にならない声を上げ、セレナはこみ上げる快楽の波に身をゆだねる。

直後、頭の中が真っ白になり、ビクンッと身体が淫らに跳ねた。

そのときになってようやくジーノはセレナへの愛撫をやめたが、それでもなお彼女の四肢は痙攣《けいれん》し、身体に残った甘い感覚に頭は蕩けたままだった。

「いい子だ。お前が悦《い》ったのを感じたぞ」

「いっ……た……？」

「お前は、俺がもたらす快楽に果てたのだ」

それはいい兆候《ちょうこう》だというように、ジーノはセレナの頭を優しく撫でる。

一方で、セレナは身体を動かすこともできず、彼の胸にぐったりと寄りかかることしかできなかった。

「やはりお前は最高だ。初めてでこれだけ感じられるのなら、もっとよくしてやれる」

「もっとよく……？」

「ああ、もっとだ。お前の淫らな一面をもっと教えてくれ」

それから彼はぐったりしているセレナを押し倒し、その唇を荒々しく奪う。

「……ッン、ンッ、ジーノ……さ……」

「今度はじっくりとお前に触れて、気持ちよくしてやろうな」

抵抗できないまま、セレナはジーノの舌使いに翻弄され、ようやく戻りつつあった思考も、甘くぼやけてしまう。

「今夜は朝まで、お前の気持ちいいところをたくさん探そう」

そしてその言葉通り、ジーノは朝までセレナを鳴かせ続け、彼女の声が嗄れるまで、淫らな愛撫を続けたのだった。

第五章

ジーノにとって、朝は何よりも憂鬱《ゆううつ》なものだった。

朝を告げる教会の鐘が響き、鳥たちはせわしく囀《さえず》っているのに、目を開けてもジーノを待ち受けているのは朝の日差しではないからだ。

夜よりは僅かに明るいが、それでも幼い頃に見たさわやかな光にはほど遠い。

暗闇の遙か向こうから僅かに差し込む光はあまりにたよりなく、今にも消えてなくなってしまいそうだといつも思っていた。

だから彼はベッドで目を覚ますたび、憂鬱な気持ちになる。

気をきかせたオルガや使用人たちが、「素敵な朝ですよ」と外の様子を教えてくれても、曖昧な返事をすることしかできずにいた。

しかし今、目覚めたばかりなのに気分が良いのは、傍らから聞こえる穏やかな吐息のおかげだろう。

　鳥の囀りでも高揚しなかった心を震わせてくれるのは、ジーノの傍らで眠るセレナの存在だ。

　美しい声を嗄らすまで執拗に続けた愛撫のせいで、彼女は体力を使い果たしてしまったようで、ジーノが隣で身じろぎしても、穏やかな寝息が乱れる気配はない。

（さすがに、昨日は少しやりすぎたか）

　挿入こそしなかったが、彼女を知るという名目でその身体に触れ、彼女を絶頂へと導いた回数は一度や二度ではない。

　性行為に慣れていないセレナのために手加減をしようと考えていたはずが、絶頂のたびに艶を増していく嬌声にジーノの理性は崩され、気がつけば彼女の感じる場所を探して攻め立てていた。

（それにしても、まさかセレナがこんなにも美しいとは思わなかった……）

　昨晩身体の隅々まで触れ、顔立ちや体格を改めて確認したとき、ジーノはひどく驚いた。

　今まで抱いた女性たちよりかなり細身だが、スラリとした手足やふくよかな胸に触れれば、彼女が異性を興奮させる、美しくもしなやかな肉体を有しているのはすぐにわかった。

　これでもう少し肉付きが良くなれば、既にある起伏が更に強調され、衣服の上からでも彼女の曲線美は明らかになるだろう。

らない。

（それに彼女は、顔も悪くないに違いない）

子どもの頃に目を悪くしたジーノにとって、視覚的にどんな女性が美人であるかはわからない。

だが彼との行為を求めて迫ってきた女性たちの顔をいくつも触れてきた経験から、どんな顔立ちの女性が世の男性を虜《とりこ》にしているかくらいはわかる。

絶世の美女と呼ばれた舞台女優や歌姫たちの造形と比べても、セレナの面立ちは遜色《そんしょく》がないように思えた。そういう女性は自信に溢れているものだが、セレナの気弱な性格を思うと、きっと彼女はその美しさを自覚せずにきたのだろう。

（もしくは誰かが、あえて彼女に自覚させないようにしていたか……）

セレナの頬を撫でながら、ジーノは彼女の母と妹についての記憶をたぐり寄せる。

作曲家として名を馳せているジーノは、同じ作曲家だけでなく歌劇の関係者や歌手たちとの交流もある。だがセレナの家族とは、ほとんど会ったことがなかった。

もうずいぶん長いこと、歌劇はもちろん貴族たちが催《もよお》す夜会への招待も断っていたし、彼女たちの悪い噂はいくつか耳にしていたので、あえて距離を置いていたのだ。

セレナの母も妹も、その美しい歌声と容姿のおかげで客には人気があるが、わがままで高圧的な性格が災《わざわ》いし、一部の業界人の間ではすこぶる評判が悪い。

機嫌さえ取っていれば扱いやすい人種ではあるので、それをうまく利用している劇場関係者や作曲家もいるようだが、ジーノはその手の面倒事が大嫌いだったたし、黙っていても仕事が来るため、あえてその面倒を背負い込む必要もなかった。

だがこれからずっとセレナと共に過ごすなら、少しは敵のことを知っておいた方がいいかもしれないと思う。

痩せ細り、今にも消えてしまいそうなセレナの気配から、彼女が家族にひどく虐げられてきたのは明らかだ。

それを思うたび、ジーノは自分のことのように憤《いきどお》りを感じる。

今すぐにでも劇場に乗り込み、罰を受けさせてやりたいという激情に駆られるほどだ。

（だが、セレナはそれを喜ばないか……）

家での境遇を淡々と語ることはあっても、母や妹に対する悪口をセレナは口にしない。

もっと憤り、悪態《あくたい》をついてもいいくらいなのに、二人についての悪評を口にせざるを得ないときでさえ、慎重に言葉を選んでいるようだった。

それを聞くたび、ジーノは更に憤り、同時に不安になる。

きっとセレナは、自分の境遇を逃れられぬものだと諦め、受け入れてしまっていたのだろう。

彼女にとっては、虐げられることが日常であり、当たり前のことだったのだ。

じっと堪え忍ぶ彼女は昔の自分にどこか似ている気もして、ジーノは放っておけない。

目が見えないせいで、幼い頃のジーノは常に虐げられる側だった。

特に彼は才能があり、若くして富も得た。それ故、多くの者たちは乱暴な手段でジーノから多くのものを奪おうとしてきたのだ。

ジーノはそれらへの対抗手段と悪意をやり過ごす方法を習得したが、セレナにはそれがない。

その危うさをジーノは見ていられず、自分が何とかしてやりたいと思うのだ。

(女を気にかけるなど、面倒なことこの上ないのにな……)

自分の世界には、音楽と平穏さえあればそれでいいと思っていた。

その他のもの、特に女性はジーノを煩わせ、面倒な物事を持ち込むばかりなので、この世界から消えてしまえばいいとさえ考えたこともある。

だから誰かのために尽力するなんて、以前の自分には考えられないことだった。

しかし今は、彼女の声を永遠に得られるなら、たとえ面倒なことでも引き受ける価値があると思える。

それに、セレナの美しい声で「ありがとう」と言ってもらえたら、最高に幸せな気分になるに違いない。

(ああ、想像しただけで悶《もだ》えるなこれは……)

夜に聞く淫らな喘ぎ声もたまらないが、ジーノはセレナの嬉しそうな声が何より好きだ。

好きすぎて、身体中が熱を帯び、呼吸すらままならなくなるほどに。

（今日も、セレナをいっぱい喜ばせてやろう。そして美しい声で、たくさん褒めてもらうのだ）

頬を緩めながら、ジーノはセレナの唇を指で探り、そこに優しいキスをする。

「……ン……」

ようやく意識が戻ったのか、セレナが僅かに身じろぎする気配がする。

「おはよう」

「お、おはようございます」

戸惑いながらも律儀に声を返してくれるセレナがかわいくて、ジーノはもう一度彼女にキスを落とした。

反応はぎこちないけれど、それでも幸せを感じるのには十分だった。

＊＊＊

（今日の旋律は、いつも以上に浮かれている感じがする）

隣の部屋から響いてくるピアノの音色を聴きながら、セレナは書斎のソファにぐったりと身を預けていた。

まだお昼を過ぎたばかりだが、ひどく疲れているのは昨晩の激しい行為のせいだろう。その上彼女は、慣れないドレスを身に纏っており、これがよけいに疲労を蓄積させていた。

メイド服はもう着られないとわかっていたが、「是非これを」とオルガが差し出したのは、セレナが触れたこともない立派なドレスだったのだ。

美しいエメラルドグリーンのドレスは装飾こそシンプルだが、襟元のレースは目を見張るほど繊細で、そのきめ細やかさは触れるのを躊躇うほどだ。

母や妹も高いドレスは持っていたが、二人が好んで着ていたのは色や装飾が派手なものだったので、こんなにも品が良くて美しいドレスを見るのは初めてだった。

その上高いヒールの靴まで履かされたものだから、大切なドレスの裾を踏まないかと気が気でなく、廊下を歩くだけでぐったりしてしまったのだ。

そんな彼女を見かねて「仕事の間、本でも読みながらゆっくりしていてくれ」とジーノは言ってくれたが、いざ書斎に来ると動くことすら億劫になってしまい、とてもではないが本を読む気にはなれない。

何もせず一人でいることに申し訳なさは感じるが、咎める者もいないので、今だけは少し甘えることにした。

(それにしても、オルガさんたちは私が婚約者になったこと、本当に何も思わないのかしら……）


　ジーノの奏でる旋律はもう二時間ほど楽しそうなままで、屋敷中を軽やかに飛び跳ねる音に、使用人たちの表情はにこやかだった。

　オルガに至っては「うまくいったようで何よりだよ」とほくほく顔だ。

　それが偽りだとは思わないけれど、セレナは目の前の現実をどう受け入れればいいのかわからない。

　自分が人並みの幸せを手に入れることなど夢のまた夢だと思っていたのに、それどころか素敵な婚約者が現れ、彼のおかげで素敵なドレスを身に纏うことができ、それを他人から祝福されるなんて想像すらしなかったのである。

「あらあら、ずいぶん疲れた顔だねぇ」

　物思いにふけっていると、不意にオルガの明るい声が部屋の入り口から響いた。

　慌てて入室を促すと、オルガが弾んだ足取りで、セレナの前までやってくる。

　オルガのいつになく軽快な動きにまず驚き、彼女に続いて大量の菓子を運んでくる使用人たちに目を見開いた。

「あの、こんなにたくさんどうしたのですか……？」

「坊ちゃんがシェフに作らせたのさ。自分の仕事中は暇だろうから、お菓子やお茶をいっぱい用意しておくようにってね」

「でも、この量は……」

さすがに食べきれる気がしなくて、セレナは困り果ててしまう。

「ゆっくり食べればいいじゃないか。あの様子じゃあ、夕方まで音楽室から出て来ないだろうしねぇ」

だがその間、一人でお菓子をつつくのも申し訳ない気がしてしまう。

今だって、仕事もせず部屋で座っているのが心苦しいのだ。

「お菓子はもちろんいただきますが、そのあとはやっぱり私も……」

「仕事の件なら、何度言われてもだめだよ」

先手を打つように、きつく言ったのはオルガだ。

彼女は慣れた手つきでお茶を入れながら、念を押すように言葉を重ねる。

「セレナ様は坊ちゃんの婚約者なんだから、家の仕事はばあやたちに任せればいいのさ」

「けれど、急に私が抜けたら人手が足りないんじゃないですか？」

「むしろセレナ様には、この屋敷で一番面倒で厄介な仕事を押しつけちまったようなものだからねぇ」

そう言ってオルガが視線を向けたのは、ジーノがピアノを弾いている隣の部屋である。

「坊ちゃんは仕事がはかどらないと、ばあやが忙しいのも無視して『話し相手になれ』『本を読め』とつきまとうありさまでねぇ……。そのせいで仕事は溜まる一方だったんだけど、セレナ様のおかげで近頃はすっかり大人しいんだよ」

「でも私、何も特別なことはしていません」

「それでいいのさ。坊ちゃんはセレナ様が側にいるだけで常に有頂天《うちょうてん》なんだもの」

「何もしていないのに？」

「ばあやが言うのもアレだけど、坊ちゃんは意外と転がしやすい男だからねぇ」

オルガの言葉に、後ろで控えた使用人たちが小さく噴き出す。

確かに、セレナが名前を呼んだだけで大喜びする姿は単純極まりなく思える。

だがそれは、セレナの目から見て愛らしいと感じるものだった。

「だからセレナ様は、この屋敷でのんびりゆっくり暮らせばいいのさ。それに仕事も、手紙などの音読は引き続きお願いすることになるだろうし」

だから今は、暇なうちにお茶をしようとオルガは微笑む。

その微笑みには頑なさがあり、セレナは仕事の件に関しては何を言っても無駄だと悟る。

（だけどやっぱり、このままのんびりっていうわけにはいかないわ……）

わかりましたと受け身でいるのも申し訳ないし、それができるほどセレナは図太くなれない。

だから彼女は、少し前から考えていた別の提案を試みた。

「わかりました。でも、少しだけわがままを言ってもかまいませんか？」

「少しと言わず、いくらでもかまわないよ」

「お茶は、これまでのように皆さんと一緒にいただきたいです。ジーノ様と暮らす上での注意などがあったらお聞きしたいので」

それに何より、一日かけたってこの量のお菓子を食べることはセレナには無理だ。ならばせめて、無駄にならないようにみんなで分け合いたいと言えば、オルガも納得したようだった。

「あともう一つ。以前いただいたお給金をお預けしますので、買い物を頼んでもかまいませんか？　ジーノ様から、屋敷の外には出るなと言われていて」

「お金なんて気にしなくていいんだよ！　ドレスでも靴でも、セレナ様の望むものを買い与えるようにって坊ちゃんにも言われているんだ」

オルガだけでなく、他の使用人たちまで身を乗り出して「ドレスですか？　アクセサリーですか？」と目を輝かせているが、残念ながらセレナが望むのは装飾品ではなかった。

「マナーの勉強ができる本が欲しいのです。実を言うと、こんな素敵なドレスをいただいても、それに見合う歩き方さえわからなくて……」

今のままではジーノからもらったドレスが台無しだし、オルガたちの話を聞く限り、何があろうと彼はセレナに色々と贈り物をするだろう。彼の勢いをセレナが止められるわけもなく、ならば贈り物を身につけるにふさわしい女性になりたいと、セレナは思ったのだ。

「今のままでは、到底ジーノ様の隣には立てません。自分のことで精一杯のままお側にいれば、彼によけいなご迷惑をかけてしまうのではないかと心配で」

情けないと思いつつも弱音をこぼした瞬間、オルガが何故か呻き声を上げながら目頭を押さえる。

あわせて使用人たちも何かを堪えるようにうなだれてしまい、セレナは失言をしたのかと青ざめる。

けれどオルガの口から出たのは、セレナを咎める言葉ではなかった。

「セレナ様のような方が坊ちゃんと一緒になってくれると思うだけで、ばあやは……ばあやは……！」

「な、泣かないでくださいオルガさん！　むしろジーノ様こそ、私にはもったいない方です」

「いやいや、むしろセレナ様は貴重すぎるくらいだよ」

セレナは戸惑うが、オルガは目に涙を浮かべて洟《はな》をすすっている。

「なにせ坊ちゃんは、あのように見てくれだけはいいだろう？　ろくでもない女にばかりつきまとわれて、昔はずいぶん苦労してたんだ」

もちろんセレナが彼女たちと同類だと思っているわけではないと前置きをしながら、オルガはジーノの女運のなさを訥々《とつとつ》と語り出す。

優しい顔をして近づいて、親しくなるやいなやジーノを蔑ろにし始める者。目が悪いことにつけ込み、無理やり彼を押し倒して既成事実を作り、彼の財産を得ようとする者など、彼に近づく女性はろくでもない者たちばかりだったらしい。

「近頃はそういう輩《やから》を避けてはいるけど、それでも傷つかないはずはないだろう？　女性に言い寄られるたび、頑なさと変態性にばかり磨きがかかって、ついには屋敷に引きこもりがちになってしまってねぇ」

そんな彼の変化や、声に対する執着心を隠さなくなったのも、ある種の防衛本能ではないかとオルガは思っているようだ。

確かにジーノに言い寄るような貴族の女性たちは礼節を重んじるから、開口一番「お前の声は醜い」などと言ってしまうジーノは嫌われそうだ。

それでも、ジーノほどの男であれば言い寄る女性はまだたくさんいるだろうし、それが引きこもり生活に繋がっているのだろう。

「外に出られない理由が、よくわかりました」

「歌劇や夜会への招待はたくさんあるんだけど、一人だとどうしても目をつけられてしまうみたいで……」

本当は観劇が大好きなのに、それすらしなくなってしまったとオルガは落ち込む。

「坊ちゃんが誰かを好きになることはもちろん、坊ちゃんを気遣ってくれる女性なんて現れないんじゃないかと思っていたから、セレナ様の言葉につい目頭が熱くなってね」

そこでオルガはセレナの手をぎゅっと握りしめ、ありがとうと言葉を重ねながら何度も頭を下げる。

「変態で、自分勝手で、女性の扱いも心得ていない人だけど、至らぬところはばあやたちが精一杯埋め合わせをするから、どうか坊ちゃんをよろしくね」

「あの、むしろ私の方が至らないところばかりですので、頭を上げてください」

そうは言ったが、オルガの涙はなかなか止まらない。

仕方なくオルガを自分の横に座らせ、以前ジーノが泣いているセレナにしてくれたように優しく背中を擦っていると、いつの間にかピアノの旋律が止まり、ジーノが顔を出した。

「なんだ、誰かが泣いていると思えばばあやか」

「何故がっかりした顔で言うんだい！　ばあやだって、泣いたっていいじゃないか！」

「セレナが泣いていると思って来たから、少し残念だっただけだ」

素直すぎる物言いにもちろんオルガは苛立つが、ジーノはそれを受け流しながらソファの方へと近づいてくる。

「セレナの鳴き声はそそるが、ばあやのは微妙だな」

「そそったら問題だろう！」

「まあ、それもそうだな」

そのままオルガを挟むようにしてセレナの反対側に座ったジーノは、優しい手つきでオルガの肩を擦る。

「まったく、もう少し優しくしてくれてもいいじゃないか」

「俺はいつも優しくしているぞ！　ほら、お茶でも飲んで落ち着けばあや」

その様子を窺っていたセレナは、軽口とは裏腹にジーノの顔にどこか不安げな色が浮かんでいることに気づく。

オルガにはああ言ったが、もしかしたら彼は彼女を心配して来たのかもしれない。いつも持っている杖も忘れてきているようだし、そもそも耳のいい彼がセレナとオルガの声を聞き間違えるとは思えない。

「いいから泣きやめ。お前の声は聞き苦しい」

言い方はひどいが、声に滲む気遣いにはオルガも気づいているのだろう。

彼女はセレナが差し出したハンカチで目元を拭うと、ジーノの膝を軽く叩いた。

「その物言いをどうにかしないと、セレナ様に愛想を尽かされるよ」

「セレナはばあやと違って優しいから大丈夫だ」

「優しくても、女性はささいな言葉で傷つくものなんだよ！　だから、坊ちゃんはもう少し紳士的な言動を勉強なさい」

ジーノにびしっと指を突きつけながら、オルガはソファから勢いよく立ち上がる。

必要ないと思いつつも、彼女に手を貸そうとセレナも腰を上げた次の瞬間、突然オルガの身体が不自然に傾いた。

「……ううっ」

直後、慌てて彼女の身体を支えたセレナの腕の中でこぼれたのは、オルガの苦悶の声だった。

「……ばあや？」

見えずとも、ジーノもオルガの変化に気づいたのだろう。

セレナがオルガをもう一度ソファに座らせると、様子を探るようにジーノはオルガの小さな肩を揺する。

だが身体が揺れるたびにオルガは苦しそうに唸るので、セレナは慌ててジーノの腕を掴んで止めた。

「あまり触らない方がいいかもしれません。ともかくお医者様に診《み》てもらわないと」

「ばあやは平気なのか？　呼吸も鼓動も、ひどく乱れているように聞こえる」

尋ねる表情は不安そうだったけれど、突然のことで動揺しているのはセレナも一緒だ。

とはいえここで自分が狼狽えては、様子の見えないジーノは更に不安になるだろうとわかっていたので、セレナは震えそうになる声を必死に堪えた。

「それをこれから確認するのです。だから今は、お医者様を早く」

わかったとジーノが頷くのと同時に、後ろに控えていた使用人たちが慌てて部屋を出て行く。

それを見送ったセレナは、呻くオルガの身体に目を走らせた。

(乱れてはいるけど、呼吸はしっかりしてる……)

だが意識を失ってはよくない気がして、セレナは摑んでいたジーノの手にオルガの小さな手のひらを握らせる。

「安心してください、すぐにお医者様が来ます。それにジーノ様も私も、側にいますから」

なるべく優しい声でそう語りかけると、オルガの表情が少しだけ和らいだように見えた。

それを察したのか、ジーノもまたオルガに負担がかからないよう優しく手のひらを握り、セレナのように声をかけるのだった。

＊＊＊

程なくして駆け付けた医者によって、オルガが倒れた原因はすぐに判明した。

「これは、魔女の一撃ですね」

「ま、魔女……？　オルガは魔女にやられたのか？」

「ジーノさん、これはたとえです。魔女の一撃というのは、急に起こる腰痛のことを言うんですよ」

　その診断内容にジーノが唖然とする頃には痛みもだいぶ引いたらしいオルガは、申し訳なさそうに応接間のベッドでうつぶせになっていた。

「散々心配させて、原因はただの腰痛だと？」

「命に別状はないと言っても、腰痛を甘く見てはいけません。いつまた再発するかわかりませんし、痛みはとても激しいものですから」

　ジーノが医者に窘《たしな》められるのを見ながら、セレナは申し訳ないとこぼすオルガの手を優しく握る。

「腰痛だって立派な病です。私の母も昔かかりましたが、完治には時間がかかっていましたし」

　ましてやオルガはもう年なのだから、いつ身体を壊してもおかしくない。

　むしろ一人のときに倒れなくてよかったとセレナはオルガを諭した。

「とにかく腰に負担がかかることは、しばらく控えてくださいね」

　そんな言葉を言い置いて医者が立ち上がると、ジーノはまだ少し不満そうにそのあとを追う。

「安静にする以外に、治す方法はないのか？」

「ないですね。痛み止めのお薬を出しますのでそれをのんでいただくしか」

医者の言葉に、ジーノは小さくうなだれる。

そんなとき、医者が僅かに声を潜めてジーノを窺った。

「そういえば、ジーノ様のお加減はどうですか？　近頃は、あまり病院にいらっしゃいませんが……」

医師の指摘に、ジーノの表情がこわばった。それから彼はきつく目を閉じたまま部屋の入り口へと歩き、乱暴に扉を開ける。

「お前を呼んだのは、俺のためではないが？」

忌々しげな言い方に、医者も退出を促されたことを察したのだろう。

だが医者は、申し訳ないと前置きをしながらも、どこか心配そうな顔でジーノを見つめていた。

「ですが丁度今、東方から来た有名な薬売りが店を出しているそうなんです。噂では、あなたの目に効く薬も――」

「仕事が終わったのなら、さっさと帰れと言っている」

響いた声の冷たさに、医者だけでなくセレナやオルガもまたビクリと身体を震わせる。

その所為《せい》でまた腰が痛んだらしく、彼女は小さな呻き声を上げた。

オルガの声で少しだけ冷静になったのか、ジーノは先ほどより抑えた声で、医者に向かって退室を促した。

それに渋々といった様子で医者が出て行くが、もちろんジーノは見送りもしない。見かねたセレナが慌てて玄関まで付き添うと、医者は苦笑を浮かべながら戸口でコートを羽織った。

「ご主人の機嫌を損ねてしまって申し訳ない。昔から彼の目を見ていたものだから、つい出過ぎたまねをしてしまった」

柔らかな声音を聞けば、人の機微に疎いセレナでも彼がジーノを心の底から心配しているのはわかる。

「きっと、オルガさんのことがあったから気が立っているのです。……それよりあの、ジーノ様の目は治る可能性があるのですか？」

少しだけ言いよどむ医者の顔を見て、立ち入りすぎたかとすぐに後悔したが、医者は僅かな沈黙のあと、静かに頷いた。

「元々は、治療法のある病なんです。ただ方法と薬が限られている上に、その多くが先の戦争で消失してしまって……」

セレナが生まれる前に起きた戦争は、この国と周辺諸国のほとんどを焼き尽くす大戦であったと聞く。そしてその際、多くの文化人や知識人が亡くなり、彼らがまとめた貴重な書物の大半も焼けてしまったのだ。

被害の少なかったフィレーザに住んでいるとあまり実感しないけれど、今も戦争の爪痕が残る街はいくつもあるという。

「研究は進んでいるのですが、なかなか成果が上がっていない状況なんです」

「でも先ほどおっしゃっていた薬売りの方は、その治療薬をお持ちなのですか？」

「ええ。東方から来た薬売りなんですが、彼のおかげで完治したという報告を聞いたので、是非ジーノ様にもと思ったのですが」

冷たく突き放されて、結局言えずじまいだったのだろう。

(治るかもしれないなら、話くらい聞いてもいいのに……)

長いこと病気と付き合ってきたせいか、彼は日常生活にあまり不自由している様子はない。けれどまた目が見えるようになるならば、それに越したことはないはずだ。

「あの、よろしければなんですが……」

治療薬の話にセレナが興味を抱いたと気づいたのだろう、医者は懐から小さな名刺をすっと取り出す。

「……折りを見てジーノ様に渡してもらえますか？　薬売りの方に名刺をいただいたんですが、渡しそびれてしまって」

去り際に、医者はセレナの手にその名刺をのせた。

そこにはこの国の文字と、馴染みのない異国の文字で、薬売りの名前が書かれている。

東方の商人は旅をしながら商いをするのが一般的なので、こうした特別な名刺を持ち歩いているのだろう。

「しばらくの間、劇場街の裏通りに店を出しているようなので、ジーノ様の気が向いたら行ってみてほしいと伝えてください」

医者の言葉に頷くと、彼は笑顔で名刺を置いて屋敷を出て行った。

自分がもらってよかったのだろうかと思いつつも、セレナはそれを手に部屋へと戻る。

廊下を進み、扉を開けようとすると、オルガの謝罪が部屋の中から漏れ聞こえてきた。

「本当に……本当に申し訳ない！　このオルガ、腰痛にやられるなんて一生の不覚！」

「もうわかったからそう嘆《なげ》くな」

部屋に入ると、ジーノとオルガはいつもの雰囲気に戻っていた。

それにほっとしながら二人の側に向かうと、オルガはセレナの手の中の名刺に気づいたようだった。

するとオルガは、まるでジーノに気づかれる前にと言いたげな顔で、こちらに来るようにと視線で合図を送ってくる。

怪訝に思いながらも側に行くと、彼女は名刺をさっと奪い胸元にしまい込んだ。

（これって、ジーノ様には見せないようにってことなのかしら……）

それが薬売りの名刺であることさえジーノにはわからないだろうに、それでもあえてオルガが隠したということは、薬売りの件は彼の前で口にしていい話題ではないのかもしれない。

その理由が気になったセレナだが、先ほどの怖い声を思い出すと、質問をする勇気は出てこない。

「ともかく、オルガはしばらく安静だ。それと申し訳ないが、セレナは彼女についてやってくれ」

「もちろんです。オルガさん、何かできることがあったら教えてくださいね」

オルガを安心させるように微笑めば、彼女は悔しげに呻く。

「セレナ様に色々と奉仕するはずが、まさか逆になるなんて……」

「それは元気になったらお願いします。だから今は、身体を治すことだけ考えてください」

セレナの言葉にひとまず納得したのか、オルガは渋々といった顔で枕に顔を埋めた。

＊＊＊

騒がしい一日が終わり、セレナはジーノと共に彼の部屋に向かう。

(それにしても、今日のジーノ様は少し様子が変かも)

セレナに腕を引かれるまま部屋の前までやってきたジーノは、どこかボンヤリしているように見える。

本当は一人で歩けるくせに、「連れて行ってほしい」とせがまれ腕を引くことは今に始まったことではないが、いつもの彼は楽しげで興奮ぎみだ。

だが今日の彼はどこか上の空で、不安そうな表情を浮かべるときもあり、セレナと繋いだ手に込められた力も少しだけ弱い気がした。

「お疲れのようですし、今日は早めにお休みになっては？」

少し冴えないジーノを心配しながら、セレナは彼の寝室の扉を開ける。

「では、一緒に寝るか」

そう言われる予感はしていたけれど、いざそう言ってベッドの方に引っ張ってこられると、セレナは何と返事をしたらいいかわからなくなる。

「嫌なのか？」

押し黙るセレナに、ジーノが不満そうな声を出した。

そこでようやくセレナははっと我に返り、「違います」と言いながら、ベッドに腰掛ける彼の隣に座った。

「一緒だとその、ジーノ様がゆっくり眠れないのではと思って」

「いや、お前が側にいた方が、俺は安らげる」

「でも昨日は、ずいぶん遅くまで私に触れていたので……」

繁忙期ではないが、ジーノには常に作曲の依頼が来ている。睡眠不足で作業への集中力が切れる人ではないけれど、それでも疲労を溜めて身体を壊したらとセレナは心配になってしまうのだ。

「ジーノ様のお身体にもしものことがあったら、オルガさんも心配なさるだろうし」

「ばあやの名前を出すのは卑怯だ」

「ただ、私は心配で」

「心配ならやはりここにいろ。……今日は、一人になりたくない」

隣に座るセレナを抱き寄せ、ジーノは彼女の髪に顔を埋めた。

甘えるようにセレナに身を預ける様子は、まるで親とはぐれた子どものようだと感じる。

(ジーノ様も、オルガさんのことが心配なのね……)

口には出さないけれど、彼は彼女が倒れたことに何かしらの責任と不安を感じているのかもしれない。

「何故だかわからないが、今日はいつも以上にお前の側にいたい。胸の奥も不快だし、こうして触れていないと落ち着かない気分になる」

耳元でこぼれた声に応える代わりに、セレナは優しくジーノの頭を撫でた。

柔らかい黒髪に指を埋めながら、優しく手を動かしていると、ジーノの身体からゆっくりと力が抜けていく。

「ジーノ様が望むならお側におります。ただ、疲れていらっしゃるならご無理だけはしないでくださいね」

セレナの言葉に喜ぶジーノに抱え込まれ、セレナはそのままベッドの上に横になる。

ドレスのままなので邪魔にならないかと不安に思ったが、寝転がるなりセレナの頬にキスを落としたジーノの顔は幸せそうだ。

「もう少しだけ、さっきのようにしてくれないか」

「さっき？」

「頭を撫でるやつだ！　あれはすごくよかった！」

「撫でられるのがお好きだなんて、知りませんでした」

「俺も知らなかった。親や師匠にも撫でられたことはなかったし、子どもの頃ばあやにされたくらいだったしな」

ジーノの言葉を聞いたセレナは、そういえばジーノの本当の家族はどうしているのだろうと考える。

彼の口から両親の話は出たことがないし、音楽家のヴェルノ＝ヴィクトーリオの養子であることを除けば、彼の家族に関する話は聞いたことがなかった。

（婚約したのに、ジーノ様のことを私はほとんど知らないわ……）

元々ジーノは表舞台に出たがる方ではなく、その素性もあまり世には出回っていないため、歌劇界でも謎が多い人物とされている。

だから尋ねてはいけない気がして、働き始めてから今に至るまで、セレナはあえて多くを詮索せずにきた。

だが、前は知らなくていいと思っていたのに、改めて自分の無知を自覚すると、不安にも似た寂しさがセレナの胸にこみ上げる。

そして同時に、彼を知りたいと強く思う自分に気づき、セレナは慌てて彼から視線を逸らした。

ただでさえ、ジーノから与えられるものに戸惑うばかりなのに、これ以上多くを望むなんて、あまりにおこがましい気がしたのだ。

「どうした？」

戸惑いと共にぎこちなくなった手つきに気づいたのか、ジーノが灰色の瞳をセレナの顔に向けた。

その瞳は鏡のようにセレナを映すばかりで、ジーノに彼女の動揺はまだ伝わっていないようだったが、まっすぐな眼差しを前にすると隠し事はできないような気がしてしまう。

「もしかして、撫でるより撫でられる方が好きか？」

そして、かけられた言葉は見当違いのもので、セレナは少しだけほっとした。

「撫でる方が好きかもしれません。こうしていると、不思議と心が落ち着きますし」

「それならもっとこうしてくれ。ばあやの撫で方より、俺はお前の撫で方の方が好きな気がする」

「私より、きっとオルガさんの方がお上手ですよ？」

「ずいぶん昔のことだし、そもそもばあやの撫で方はあまり覚えていない。……悪くなった気はするが、最近は怒るばかりでちっともしてくれないしな」

そう言って少し寂しそうな顔をするジーノを見ていると、何故だか胸の奥がきゅんと疼き、彼の頭を撫でる手つきがより優しくなっていく。

それに気をよくしたように微笑むジーノは子どものようだが、一方でオルガが彼を撫でるのは大変そうだなとセレナは思った。

「オルガさんが頭を撫でるには、少し背が高くなりすぎたのかもしれませんね。オルガさんの身長では、背伸びをしたって届かない気がします」

セレナだって、彼が座ったり寝転がったりしていないと頭頂部までは届かないくらいだから、小柄なオルガでは手をのばしても額に触れるのがやっとに違いない。

「屈んだら、また撫でてくれるだろうか？」

「頼めばいくらでもしてくださいますよ、きっと」

「だが俺はいつもばあやを怒らせてしまうからな……。今日も、まさかあんなことになるとは思わなかった」

沈んでいく声に、セレナは先ほど浮かんだ考えが間違っていなかったと悟る。

言葉にはしないが、ジーノはやはり、オルガのことでいつになく不安になっているのだろう。

「オルガさんも言っていましたけど、ジーノ様の所為ではありません。腰の痛みは、ふとしたことで起きてしまうものです」

ジーノを宥めるように手を動かしながら言えば、彼は甘えるようにセレナに身を寄せる。

「だから不安に思ったり、ご自分を責めたりなさらないでください」

「……不安？　この俺が？」

何故か驚いたような声で聞き返すジーノに、セレナは思わず首を傾げる。

「違うのですか？」

「いや、言われてみると、確かに不安を感じていた気はするが……」

ジーノはしみじみとした声をこぼしながら、何かを探るように胸に手を当てた。

「不安か……。そうか、俺は不安だったのか……」

まるで他人事のような言い方を不思議に思っていると、ジーノはおかしそうに目を細める。

「不安など、久しく感じたことがなかったので何だか新鮮だ」

「普通に暮らしていれば、何かしら不安を覚えることは多い気がしますが、ジーノ様にはそれがないのですか？」

ジーノのその発言にセレナは驚くが、彼に嘘を言っている様子はない。

「あまり感じたことはないな。……もしかしたら、知らぬうちに不安になっていたことはあるかもしれないが、俺は自分の気持ちに疎い方だし、気づかぬままになっているのだろう」

言われてみると、確かにジーノは自分に対して無頓着なところがある。

服装や髪形といった装いだけでなく、彼は自分のことをあまり深く考えないたちらしい。

「理由はわからないが、突然くっつきたくなった！」などと言いながら縋り付いてくることは日常茶飯事だし、自分の行動がどんな気持ちに基づいているかをジーノが考察しているところを見たことがない。

「そもそも、俺は心が乱れるようなことはしない主義だからな。仕事では不安など感じたことがないし、私生活では不安になったり不快になるようなことはそもそもしない」

「ご自分の気持ちが大きく揺さぶられるような、そんな経験もしたことがないのですか？」

「セレナが来てからは、お前の声が好きすぎて気持ちが乱れることが増えた気はする」

今思えば、セレナの涙を察したときも不安を感じていたかもしれないと、ジーノは笑いながら告げた。

「だが気持ちが乱れるのはひどく面倒だろう？　だから気持ちが乱れたり不快にならないように、気の合わない奴とは付き合わないし、己の思うがまま、好きなことしかやらないと俺は決めている」

胸を張って告げるジーノを見ていると、セレナはその潔さが少しうらやましくなる。

嫌なことから逃げることさえ諦めていたセレナには、彼の生き方は眩しいとさえ思った。

「お前も、俺のように好きなことだけして暮らしてみればいい。そうすれば、毎日がもっと楽しいぞ！」

「……ありがたいご提案ですが、すぐ不安に襲われる私ではジーノ様のようになれる気がしません」

「ただ思うがまま、自由に生きればいいだけだ。例えばこういうふうに……」

ジーノはセレナに覆い被さるように身体の位置を変え、素早く彼女の唇を奪う。

唐突な口づけは思いのほか深く、吐息ごとジーノの唇に奪われたセレナは、甘い声をこぼしながら身を捩った。

「したいと思ったときにキスをして、甘えたいときは甘える。そうすれば不安な気持ちだってすぐに忘れられるだろう？」

少しだけ息の上がったセレナを見下ろしながら、ジーノが色香に満ちた笑みを浮かべる。

（ジーノ様は簡単に言うけど、甘えるなんて私には無理そうだわ……）

そもそも誰かに甘えたことなどないし、セレナからしたら望みを口にする方が不安になる。

望みが叶わないのではという不安はもちろん、身の丈に合わない望みを口にしたせいで嫌われてしまったらという気持ちが強すぎて、つい言葉が出なくなってしまうのだ。

「ほら、何かしてほしいことがあったら言ってみろ。何でも叶えてやるぞ」

「してほしいことなんて何も……」

「それはつまり、俺のことも欲しくないということか？」

拗ねたような声に、セレナは思わず言葉を詰まらせた。

深い口づけのせいで熱を持った身体は、ジーノとの触れ合いを望むかのように甘く疼いてしまっている。

けれど触れてほしいなんて言うのはやはりおこがましい気がするし、逆に触れるなというのは婚約者である彼に対してあまりに失礼だ。

「……どうすればいいのか、何が欲しいのか、私にはわからないのです」

そして悩んだ末に、セレナは素直に今の戸惑いを口にすることにした。

するとジーノは不満げな顔を崩し、ふっと優しい笑みをセレナに向ける。

「わからないなら、俺が教えてやろう」

セレナの唇に指を滑らせながら、ジーノは何かを探るようにゆっくりと目を閉じる。

「私にもわからないことが、ジーノ様にはわかるのですか?」

「わかるさ。お前の肌に触れ、熱を感じていれば、望みは自ずとわかる」

言うなり、まるで見えているかのようにジーノはセレナの背中についているリボンをするりとほどく。

そのまま引き下ろされたドレスから肩と胸元が覗くと、セレナは真っ赤になって動けなくなるが、ジーノはどこか満足げだ。

「また熱が上がったな。顔も赤くなっているだろう」

「ほ、本当に見えていないのですか?」

「見えずとも、セレナが今どんな格好をしているかはわかるし、脱がせ方もわかる」

言いながら、ジーノはセレナの肩に顔を近づけ、その首筋に舌を這わせた。

舌先で優しく舐め上げられると、甘い刺激が広がるのと共にセレナの心は揺さぶられ、熱を帯びた声が口からこぼれ出す。

「あぅ……ンッ」

「これがお前の望みだよセレナ。俺の手に触れられ、淫らな声を上げたがっているのが本当のお前だ」

「ち、違います……」

「嘘を言うな。俺はお前より、お前のことを知っている」

お前の身体の形は昨日じっくり覚えたからと、得意げな声と共に始まった愛撫に、セレナは身を捩る。

「ンッ、そこ……だめ……です」

そのままゆっくりと鎖骨を舐め上げられると、セレナの声は艶を帯びていく。

ピチャピチャと音を立てながら長いこと首筋と鎖骨を舐めたジーノは、セレナの声が掠れ始めたタイミングで、ゆっくりと顔を上げた。

「触れてほしくてたまらないという声だ」

「そんな、はしたないこと……」

「気づいていないだけで、お前は俺との行為を望んでいる。それも昨日より、もっと激しくされたいと思っているはずだ」

否定する声は、ジーノの唇に吐息ごと奪われる。

戸惑う心と舌を絡め取られ、ベッドに縫い付けられたセレナの身体はジーノの与える刺激に従順だった。

セレナ自身が驚くほど抵抗は弱く、彼との淫らな行為を期待するように震える身体に、彼女は戸惑いを隠せない。

「お前の気持ちも、望む快楽も、俺が教えてやる」

キスに溺《おぼ》れるセレナのドレスに手をかけ、ジーノはあっという間に彼女の衣服を全て取り去ってしまう。

恥ずかしさのあまり、震える手で慌てて毛布をたぐり寄せるが、ジーノはその腕を不満そうな顔で摑んだ。

「何故隠そうとする？　俺に触れられるのは嫌なのか？」

「ち、違います……！　ただ、恥ずかしくて……」

ジーノと触れ合うと、自分でさえも知らなかった一面を引きずり出されてしまうことを、セレナは昨日嫌というほど思い知った。

だからそれを再びさらしてしまうのが怖くて、逃れるように毛布を手に取ってしまったのだ。

「そんなもので隠そうとしなくても、見えないのだからいいじゃないか」

「見える以上に、ジーノ様にわかってしまうじゃないですか……」

「俺たちは婚約者だ、わかり合おうとするのは当然だろう？」

ジーノの言葉に、セレナは何と言葉を返せばいいかわからない。

確かに一理あるが、それを言うならセレナはジーノのことを何も知らない。

昨日だって乱れていたのは自分ばかりで、彼は服さえ脱いでいないのだ。

「もしかして、自分だけ乱されたのが不服か？」

セレナの心を読んだかのように、ジーノは彼女の側に腕をつきながら自分のシャツのボタンに手をかける。

「そ、そういうわけでは……」

「だが、物足りない気持ちもあるだろう？」

言いながら素早くシャツを脱ぎ捨てて、ジーノは潔くセレナの前に肌をさらす。

彼の身体は、朝に彼を起こすときに何度か見たけれど、燭台の明かりの下で見るとまた雰囲気が違う。

炎の光が揺れるたび、鍛えられた肉体の上に影が落ち、それが彼の身体をより美しく見せている。

力強さとしなやかさを有した動きで彼がセレナに近づいてくると、彼女の身体の熱が不思議と上がっていくようだった。

「俺の身体は、嫌いか？」

「そ、そうではないのですが、見ると緊張してしまって……」

「緊張ではなく、それはきっと期待だ」

そのまま折り重なるようにして強く抱きしめられると、肌が触れ合いジーノの熱が直接伝わってくる。

セレナをつぶさないよう、うまくバランスを取ろうとジーノが動くたび、セレナの胸の先端と彼の筋肉が擦れ、甘い疼きが先端から乳房へと広がっていく。

快楽を引きずり出す動きではないし、何よりも彼の動きはあまりに小さなものだ。にもかかわらず、甘い吐息すらこぼしてしまう自分に、セレナは思わず赤面した。

「お前の身体は、温かくて柔らかいな」

「そ、そういうことは、あまり口にしないでください」

「照れた声もかわいいな。それに鼓動が速くなっていくのも、かわいくて実に素晴らしい」

セレナの望みには耳を貸さず、ジーノは幸せそうな声で恥ずかしい台詞を連発しながら、彼女の身体を抱きしめ続ける。

「また、熱が上がったな」

「それを言うなら、ジーノ様だって……」

「そうだな、今日はさすがに途中でやめられないかもしれない」

言葉と共に、背中に回されていた手がゆっくり腰へと下りていく。

「あっ……」

脇腹をくすぐるようにして腰まで下ろされた手のひらは、セレナの尻を包み込み、荒々しく揉み上げる。

前を触れられるよりはマシだと思っていたけれど、長い時間もてあそばれているうちに、身体はだんだんと甘く痺れ始めていた。

「やめて……ください……」

「ここは嫌か？」

「わかりません……でも……あっ……」

「嫌でないならやめない。お前はここのラインが綺麗だから、乱したくなる」

「んっ……だめ……」

指を食い込ませながら太ももや尻を強く揉みしだかれると、セレナの奥から蜜がゆっくりとこぼれ出す。

それに気づいた彼は嬉しそうにセレナの唇を奪った。

「あ…む……ふぁッ……」

ジーノの肉厚な舌がセレナの口をこじ開け、戸惑いに震えていた彼女の舌を絡め取る。

唾液を交換しながら二つの舌は絡み合い、淫らな交わりはセレナの呼吸がままならなくなるまで続いた。

「つたないところがかわいいな」

セレナの息が上がったことに気づいただろうに、ジーノは短い言葉を挟んだだけで、すぐまた荒々しく彼女の唇を奪う。

抵抗をやめた彼女の唇をチュッと吸い上げ、歯列をなぞり、セレナの意識が蕩けたところで、ようやく執拗なキスは遠ざかっていく。

「お前の吐息が淫らに震えているのを感じる……。そろそろ、昨日の続きをしてもよさそうだ」

「つ、づき……？」

「急ぐつもりはなかったが、俺はどうしてもお前と繋がりたい」

そして安心したいと、どこか寂しげな声でジーノが呟く。

「お前を感じたい、肌の上だけでなくその内側までも」

酸欠のせいでぐったりとしているセレナを再び下にして、ジーノは彼女の太ももを開きながら膝を立たせる。

それから彼は指先で蜜口を探し出し、襞の間に指を差し入れた。

「あっ……んっ、やぁ……」

もたらされる刺激に腰が跳ね、セレナの吐息がよりいっそう艶を帯びる。

「いい声だ、そのままずっと鳴き続けてくれ」

ぐっと身体を屈め、ジーノの口がセレナの秘部に近づいていく。

その直後、指とは違うぬめったものが襞を擦り、セレナの目の前で火花が散った。

「だめ……そんなこと、いやっ……」

自分の敏感な場所に触れているのがジーノの舌であることに気づいて、セレナはやめてほしいと懇願する。

「いや……汚い……」

「お前のものが汚いわけがないだろう？　それにこんなにもかわいくて甘い蜜なら、俺はいくらでも舐めたい」

絶えずこぼれるセレナの蜜をゆっくりと舐め上げ、ジーノは彼女の入り口をほぐしていく。

「あっ……なか……」

そうしているうちに彼の舌はセレナの入り口を探し当て、ゆっくりと進入を開始した。

「や、ぁ、すご……い……やぁ、アッん！」

蜜を掻き出しながらセレナの中を抉る舌の動きに、彼女は髪を振り乱しながら快楽に震える。

今にもおかしくなりそうな身体をどうにかしたいけれど、ジーノが彼女の身体を逃すはずもなく、セレナにできるのはシーツの波を摑み、身体の熱を逃そうと身を捩ることだけだった。

「いいぞ、ほぐれてきた」

中を抉っていた舌を引き出したジーノは、今度は指でセレナの隘路を広げ始める。

いつしか二本に増やされた指のせいで、昨日よりもきつさを感じるが、それ以上に甘い快楽がジーノの指先から広がっていく。

「あっ、やぁあ……！」

「ここか」

二本の指がセレナの中を強く抉った直後、彼女の口からはかつてないほど大きな嬌声がこぼれた。

「やぁ……そこ……だめ……」

「嘘をつくな。蜜をこんなにこぼして、だめなわけがない」

「おかしく……なるの……や、めて、おねが、いです……！」

「一度達した方が楽になる。そのまま悦《い》くんだ」

有無を言わせぬ声に、セレナの身体は従順だった。

中を強く抉られると同時に、ジーノの親指が熟れた肉芽を強くしごいた瞬間、昨晩のものよりずっと強い絶頂が、彼女を快楽の海に突き落とす。

「あ……ああ、アア……！」

身体を震わせながら熱い吐息をこぼし、セレナはぐったりとシーツの上で愉楽に溺れた。

そのまましばらく愉悦に震えていると、熱くて硬いものが、痙攣する襞の間にあてがわれる。

入り口をなぞる熱で、セレナはこれから彼を受け入れるのだと実感し、同時に少し怖くなる。

　彼が自分との行為を望んでいるとわかったときから、セレナはこの瞬間を覚悟していたけれど、今でさえひどく乱れてしまっているのに、彼と繋がればいったい自分はどうなってしまうのかと不安になったのだ。

「そのまま、力を抜いていろ」

　セレナの方に身体を倒しながら、ジーノが熱い塊でセレナの入り口をこじ開ける。

「っ……ああっ！」

　ぬちりと音がして、隘路がぐっと広がった。恐ろしいほどの熱がセレナの中を進んでいく。

「いッ……やぁ……」

「すまない、痛むか」

　セレナからこぼれた苦悶の言葉に、ジーノがそっと彼女の頭を撫でた。

　するとそれまで感じていた恐怖や不安がすっと消えていき、彼女の身体はジーノがもたらす言葉と熱に甘い反応を示す。

　それから彼は優しくセレナの唇を奪うと、まずは口内をゆっくりと犯し始める。

「力を抜いて、俺に身を預けろ」

　甘い声と共に絡んでくる舌に、セレナも素直に従う。

　彼と触れ合いたいという気持ちばかりが身体を支配していた。

「ふ……あっ……そこ……」

舌を絡ませながら胸を優しく揉まれ、セレナは吐息と共に淫らな欲望を言葉にし始める。

「いいか？」

「いい……です……あっ、また……」

赤く熟れた乳首を指で転がされ、熱が引いた身体が再びかっと熱くなる。

淫らなキスと、胸への刺激を交互に繰り返されているうちに、気持ちはどんどん高まっていき、セレナの腰が再び震え始めた。

「そろそろ、いくぞ」

その瞬間を待ちわびていたように、ジーノがセレナの腰に手を置いた。

「ああっ……ンっ！」

入り口で止まっていた楔《くさび》を僅かに引き抜き、それから一気に彼女の中を貫いていく。

刺激は痛みを伴うものだったが、二人の腰がピッタリと重なり合うと、その不思議な充足感にセレナの目からは涙がこぼれた。

（すごく……気持ちいい……）

「俺を感じるか、セレナ」

「かんじ……ます……ジーノ様が、中に」

「痛むだろうが、少し動かすぞ」

ハイと答える代わりに頷くと、ジーノはゆっくりと熱の塊をセレナから引き抜く。

抜かれそうになるのが寂しくて、セレナの内側がぎゅっと締まると、それまで崩れることのなかったジーノの顔から余裕がなくなった。

「お前は、ねだるのがうますぎる」

ジーノを求めるように痙攣し始めた肉壁に、楔が再び強く穿《うが》たれる。

先ほどより力強い動きだったけれど、腰を打ち合わせながら何度も何度も穿たれるうちに、いつしか痛みは引き、甘い疼きだけがセレナの身体を支配していった。

「あっ、ンッ、ああ」

「気持ちいいのか？」

「いい……すごい……アッ、あ……ああ！」

「悦《い》きそうな声だ……」

「はい……また……ンっ、くる……」

「俺も、そろそろ我慢できそうもない」

ジーノの腰の動きが激しくなり、それに合わせてセレナの身体がガクガクと揺れる。

重なり合った肌の熱に、心まで溶け出してしまいそうだと思いながらセレナは喘いだ。

そして自身の中で膨れあがるジーノの肉棒を感じていると、彼女の目からは自然と涙がこぼれる。

「いくぞ……」

「あっッ、来る――！」

快楽と共に熱を注ぎ込まれ、セレナの意識が白く爆《は》ぜる。

最初に達したときとは比べものにならない快楽は、ジーノが全ての熱を注ぎ込んだあともしばらく続いた。

そのままぐったりと悦楽《えつらく》に浸《ひた》っていると、ジーノに優しく抱き寄せられる。

彼に包まれているとひどく安心できた。肌が触れ合っていることが幸せでたまらなくなる。

「セレナ……」

それはジーノも同じようだったが、何故だか少し、彼の声には切ない響きがあった。

「……ジーノ……さま……」

それが放っておけなくて、セレナは力を振り絞り、彼の身体に腕を回す。

繋がったまま、身体を絡ませ合うのは少し恥ずかしい気もしたけれど、隙間なく身体を重ねることで、ジーノの口からは安堵したようなため息がこぼれた。

「もう少し、このままでいたい……」

「私も、です……」

「また、何度でもこうしたい。お前を感じていると、ひどく安心するから」

寂しげなジーノの様子に、セレナは素直に頷くことができた。

それから、どちらからともなく口づけを再開するまで、二人はお互いの熱を感じながら穏やかなときを過ごしたのだった。

第六章

身体を繋げた晩を境に、ジーノは毎日のようにセレナを抱くようになった。

早い日はまだ日の沈んでいないうちからセレナを寝室に連れ込み、夜遅くまで鳴かせ続けるほどだ。

彼との行為は不快なものではないし、日を追うごとに身体がジーノに馴染んでいるのか、今では彼に触れられただけで淫らな熱がこみ上げてくるありさまだけれど、やはりまだ恥ずかしさはなくならない。

だがジーノはそれを察しつつも、人目を盗んではセレナの肌に触れ、屋敷の色々なところで彼女を淫らに高めてしまう。

（でもさすがに、音楽室でなんてひどい……。それも、ピアノの練習をしようだなんて嘘までついて……）

ジーノの奏でるピアノがセレナは大好きだった。その様子を近くで見てみたいと思っていたところに「たまにはお前も弾いてみるか？」と音楽室に誘われたのである。

けれど結局練習はあっという間に終わり、最後はピアノの上で脚を開かされ、様々な痴態をさらすことになった挙げ句、ジーノに抱きつぶされてしまったのだ。

（おかげでオルガさんのお見舞いにもあまり行けていないし、さすがに呆れられていそうだわ……）

そして今日も、昨日つけられた口づけの痕をドレスで隠してオルガのもとへ向かえば、そこには意味深な笑顔が待っていた。

「昨日はなかなか来られなくてごめんなさい」

「いいのいいの！　坊ちゃんと仲がよろしいのは、このばあやにとっても嬉しいことだからね！」

まだ起き上がることはできないが、笑顔を見せるオルガはとても元気そうだった。

そのため、セレナはオルガの話し相手になるとともに、彼女からマナーレッスンを受けている。

オルガは若い頃貴族の家で家庭教師をしていたことがあるそうで、そのときの経験を活かしてセレナに令嬢としての作法を教えてくれているのだ。

（でも、ジーノ様とのことについては全然叱られないのよね。普通は、はしたないって怒

られそうなのに）

　むしろオルガは行為の先にあるものにご執心で、今も彼女の枕元には子どもの名付けに関する本が置かれている。

　さすがに気が早いと思ったが、それを指摘したら面倒なことになりそうだったので、セレナはあえて見なかったことにする。

（そもそも、私とこのまま結婚するかどうかさえ、まだわからないのに……）

　そんなことを考えて少しだけ気落ちしていると、不意にオルガがセレナの足下に目をやった。

「それにしても、歩き方はずいぶんと上達してきたね。姿勢も良くなって、美しい姿がより映えて見えるよ」

「実はジーノ様にも言われたんです。足音が前と違うって」

「坊ちゃんは、変なところで聡いねぇ」

「でもジーノ様に綺麗な足音だって言われると、本当に上達したような気になれるんです」

「本当に上達しているんだよ。坊ちゃんは、お世辞や嘘は言わないからね」

　だとしたら嬉しいと、セレナははにかみながら足下を見る。

　容姿や声のことは長年悪く言われてきた所為で「美しい」と言われてもピンとこないけ

れど、そのほかの部分に関しては少しずつだがジーノの言葉を受け入れられるようになっていた。

食事の音が前より素敵になったとか、歩き方が軽やかで耳に心地いいとか、ジーノは何かとセレナを褒めてくれる。

少し恥ずかしいけれど、ジーノの言葉はとても嬉しくて、だからよけいに作法に磨きをかけようとがんばれるのだ。

「その顔は、坊ちゃんのことで頭がいっぱいって顔だね？」

「あっ、その……」

認めるのが恥ずかしくて言葉に困っていると、オルガが声を上げて笑う。

「恥ずかしがることはないんだよ。むしろ、セレナ様が坊ちゃんのことを考えてくれて、ばあやは嬉しいくらいだ。セレナ様の気持ちが離れてしまったらと、ずっと心配していたからね」

確かに最初は戸惑うことばかりだったし、ジーノとどう向き合うべきかセレナにはわからなかった。

そしてそれは今も同じだけれど、共に過ごすことで少しずつではあるが彼のことを理解できるようになっていた。

身体を重ねることも、恥ずかしくはあるが嫌ではない。むしろ彼の隣で眠り、目覚める毎日がセレナは幸せだった。

　ジーノの温もりのおかげで最近は悪夢も見ないし、彼が自分を好ましく想ってくれているおかげで、穏やかな日常を後ろめたく思う気持ちも減っていた。

「私がジーノ様から離れるなんてありえません。もちろん……ジーノ様が望めば別ですけど」

「坊ちゃんがセレナ様を手放すなんてありっこないさ」

　オルガの言葉に、セレナもそうであってほしいと、近頃はつい願ってしまう。

　たとえ声だけであっても、ジーノに好きだと言われ続けたいという気持ちは、日に日に大きくなっているのだ。

「お側にいられるように、がんばります」

「がんばる必要なんてないと思うけど、そう言ってくれるならせっかくだ……。ばあやから一つ、お願いをしてもかまわないかい？」

　そこでふと、オルガは真面目な顔でセレナを見つめる。

　急に訪れた沈黙に、セレナが首を傾げると、オルガは枕の下に手をのばした。

「動けないばあやに代わって、この人に会いに行ってほしいんだよ」

　そう言ってオルガが差し出したのは、数日前に医者から受け取った名刺だった。

「本当は自分で行くつもりだったけど、思いのほか腰の具合がよくなくてねぇ」

「それはかまいませんが……」

名刺をもらったとき、オルガはそれをジーノから隠したがっているように見えた。だからてっきり話を聞く気はないのだと思っていたので、セレナは彼女の提案を少し意外に思う。

それを察したのか、オルガは僅かに声を潜め、苦笑した。

「本当に効く薬があるかどうか、きちんと確認してから坊ちゃんには話したくてね。期待ばかりさせて、残念な結果になるのも忍びないから……」

だからひとまず、どんな薬があるかだけ、先に確認しておこうとオルガは思っていたらしい。

だが今の彼女は起き上がるだけで精一杯で、とてもではないが街を歩くことはできないだろう。

「それにもし治療が効果的だとわかったら、セレナ様からお話ししてもらいたいんだよ。その方が、坊ちゃんも治療に前向きになれる気がしてね」

「もしかしてジーノ様は、ご自分の目を治す気がないのですか？」

「坊ちゃんは、ご自身でなんでもできるからね……。そのせいで近頃は病院に行く回数も減っちまって、このままじゃ治る見込みすらなくなるかもしれないんだよ……」

そこで大きなため息をつき、オルガは縋るような瞳でセレナを見上げる。

「目に関して、あまりいい思い出もないんだ……。だからばあやが新しい治療法を薦めてもいい顔をしないけど、セレナ様だったら少しは耳を貸すんじゃないかと思ってね」

「オルガさんでもダメなのに、私で大丈夫でしょうか？」

「きっと聞くに違いないさ!!」

オルガにそう言われても、セレナはいまいちピンとこない。

それにむしろ、今まで従順だったセレナが自分のあずかり知らぬところで行動していると知れば、彼は嫌な気持ちになるのではないかとも思う。

「どうか坊ちゃんのためだと思って、話だけでも聞いてきてくれないかい？」

けれど何度も頭を下げられると無下にもできず、セレナはついに折れた。

「わかりました、とりあえずお話だけなら」

「坊ちゃんにはうまく言っておくから、よろしくね」

オルガに笑顔で見送られ、セレナは名刺を手に早速出かけることになったのだった。

＊＊＊

馬車を用意すると言われたが、ひさしぶりの外出であったたし、日頃の運動不足を解消するため、セレナは一人で劇場街まで歩いて行くことにした。

ジーノの屋敷がある邸宅街から歩くこと三十分。フィレーザの中央を流れるアノル川沿いに立ち並ぶ劇場街が、今日の目的地だ。

大小様々な劇場のあるこの地区は、主に歌劇を上演する劇場が多く立ち並んでいる。有名な歌手や俳優を間近で見られることから、国内はもちろん他の国からもたくさんの観光客がやってくるため、毎年のように新しい劇場が建てられているのだ。

それ故劇場の形式は統一されておらず、石造りの堅牢なものからテントにしか思えない粗末なものまで様々で、隣り合ってはいるができた年は百年以上違うということもざらにある。

どこかちぐはぐで、装飾過多な街並みを『落ち着きがない』『品がない』と評する者もいるが、幼い頃からこの街に暮らし、劇場と歌劇に慣れ親しんだセレナにとって、劇場街は大好きな場所だ。

そんな通りをゆっくりと歩き、セレナは劇場街の西にある細い路地へと入っていく。

この辺りは軽食の取れる食堂が並んでいる。夜は幕間にさっと食べられる弁当を売る物売りが闊歩する賑やかな通りだが、今日は昼の上演がないのか、人はほとんど歩いていない。

ただ、スリにさえ気をつければさほど危険な通りではないので、セレナは安心して先に進んでいた。

「お願いです、どうかお慈悲を！」

だが突然、普段は平和な通りに、悲鳴にも似た女の声が響く。

それにビクリとしつつ、側の曲がり角からそっと奥を覗き込んだセレナは息を呑んだ。

「望みのものが欲しかったら、黙って言うことを聞けって言ってるでしょう？」

鈴を転がすような美しい声に、セレナはその場で凍り付いた。

（あの後ろ姿……。それにこの声、まさか……）

「わかったら私の前からすぐに消えて。あなた、目障りなのよ」

そう言って、手にしていた扇子で振り向きざまに女の顔を叩いたのは、セレナの妹のリーナだった。

セレナを家から追い出したときと同じ、高圧的な笑みを浮かべている彼女は、その後も女と何やら言い争いをしている。

だがその内容は、セレナの頭には入ってこなかった。

（リーナは消えたわけじゃないって、わかっていたつもりだったのに……）

ジーノから「もうリーナはお前を捜していない」と言われたことで、セレナは自分の人生とリーナの存在が切り離されたような気になっていた。

しかし彼女は、セレナを諦めたとはいえまだこの街にいるのだ。

そんな当たり前のことをすっかり忘れていたセレナは、久々に聞いたリーナの声に動揺し、いつまでたっても身動きができない。

「ともかく約束は守ってもらう、いいわね？」

セレナが戸惑っているうちに、リーナと女の会話は終わったのだろう。

満足げな笑みを浮かべると、リーナはセレナがいる方へやってくる。

（どうしよう、このままじゃ……）

細い通りなので、このまま立ちすくんでいたら確実にリーナと鉢合わせしてしまう。

その上、目的地である薬売りの店は、リーナたちとセレナの間にあるので、そこに逃げ込むわけにもいかない。

けれどリーナと会う勇気はなく、セレナは地面に貼りついた足を必死に動かすと、側にあるもう一本の路地に逃げ込んだ。

路地には隠れるところがなかったので、更にもう一本奥へと進み、そこでようやく立ち止まった。

振り返って来た道を窺えば、リーナがこちらへとやってくる気配はない。

それにほっと胸を撫で下ろし、セレナは震える身体を抱きしめるように、きつく腕を組んだ。

だが、安心するのはまだ早かった。

「……おい……」

不意に、低い男の声がセレナを呼び止めた。

不安の消えない面立ちのまま振り返ると、男は無遠慮な視線をセレナに向けてくる。

「あまり見ない顔だが、女優見習いか？」

尋ねてくる男は、ひと目で酔っ払いだとわかる真っ赤な顔をしていた。

劇場街の裏手には、流れ者が多く徘徊する通りがあり、セレナはうっかりそこに入り込んでしまったらしい。

「おい、答えろよ」

セレナを見つめる瞳はぎらぎらと輝いており、明らかにたちの悪い輩だと察しはついたが、ここで無視すればよけいに面倒なことになりかねない。

とにかく穏便にすませようと、セレナは纏っていた外套の裾をぎゅっと握りしめた。

「屋敷勤めのメイドです」

「それにしては、ずいぶんなべっぴんさんだ。……お前、女優に興味はないか？　あるなら、俺が口をきいてやってもいいぞ？」

下卑た笑みを湛えながら、男はゆっくりとセレナに近づいていく。

今まで劇場街には何度も足を運んでいたけれど、こうして声をかけられたのは初めてで、セレナは戸惑ってしまう。

その隙に男はセレナを壁際に追い詰め、膝が触れ合うほどの距離まで身体を近づけていた。

「し、仕事があるので行かせてください」

震える声で訴えながら男の身体を遠ざけようとするが、セレナが腕で押したくらいではびくともしない。

それどころか細い手首を取られ、痛いほど強く握られてしまう。

「少しくらい遅くなっても怒られやしねえよ。だから少しだけ、付き合ってくれねぇか？」

「で、でも、旦那様に怒られてしまいますので……」

「なら俺も、一緒に謝ってやるからよ」

必死に紡いだ嘘もあっという間にはねのけられ、男の顔がゆっくりとセレナの顔に近づいてくる。

鼻を覆いたくなるほどの悪臭に顔をしかめるが、顎を摑まれ無理やり上を向かされた。

キスをする気なのだとわかり、セレナの背筋が凍る。

ジーノとするときのような甘さも優しさもない前触れは、セレナに嫌悪感と恐怖しか与えなかった。

「いや……」

なけなしの勇気を振り絞って身を捩るが、女の力では何の抵抗にもならない。

（ジーノ様としか、したくないのに……！）

「っ――！」

恐怖から思わず目を閉じ、せめて口内への侵入だけは防ごうとセレナは歯を食いしばる。

そのとき、悪臭と共に男の気配が突然遠ざかり、代わりに派手な倒壊音がその場に響いた。

驚きつつ目を開けると、男は地面にひっくり返っている。

「ずいぶんと無様な音がしたな」

冷え冷えとした声に顔を上げると、立っていたのはジーノだった。

杖を振り上げた格好のまま、彼はゆっくりとセレナの方へ顔を向ける。

「ジーノ様……」

「お前への仕置きはあとだ。まずは、こいつを痛めつけてやらねば」

手にしていた杖を握り直しながら、彼が発した声はあまりに冷たくて、セレナはそれが彼のものであることを一瞬理解できなかった。

「それで、そっちの無様なお前はどういう罰が欲しい」

セレナでさえ無意識に身体が震えるほどだから、倒された男の方はジーノを更に恐ろしく感じたことだろう。

這いずりながらジーノと距離を取った男は、化け物でも見たかのように頬を引きつらせている。

「威勢がいいのは女に言い寄る時だけか？」

だがこのまま逃げ帰ることは男の矜持が許さなかったようだ。

半ばやけになったのか、男は急に立ち上がると、ジーノの方へと勢いよく突進していく。

意味のわからぬ罵声を口にしながら、男は右の拳をジーノに向けて突き出した。

しかしそれがジーノの顔を打つよりも、振り上げられた杖が男の腕を打ち払う方が僅かに早かった。

勢いを逃すように腕を横に払われ、男は思いきり体勢を崩す。そのまま傾いた身体にジーノの拳がめり込み、骨が砕けるような鈍い音がその場に響いた。

あまりの速さに、セレナはジーノの動きを目で追うことすらできなかったが、その場にくずおれる男を見れば、ジーノの拳が男から戦意と意識を完全に奪ったのがわかる。

「……他愛ない」

男の身体を探るように、ジーノは倒れた男の背中を杖で軽くつつく。

それから男に叩き付けた拳をゆっくりと開き、今度はセレナの方へと身体を向けた。

彼はセレナの方へと近づくと、彼女に向けてまっすぐに腕をのばす。

「すぐに俺の手を取れ、帰るぞ」

ジーノの言葉に、セレナは震える手で彼の手を取る。

ぎゅっと握り返された手から伝わる温もりにほっとするが、いつになく険しい顔をして

いるジーノを、セレナは少し恐ろしく思った。

「あの、どうして……」

「お前がいないと気づいて、慌てて追いかけた。俺は屋敷を出るなと言ったはずだが、何故言いつけを破った」

「それは、お使いを頼まれて……」

「お前は俺の婚約者だ！　家の仕事をする必要はもうないと、そう言っただろう！」

苛立ちと共にぶつけられた激しい声に、セレナはビクリと身体を震わせる。

震えが手のひらから伝わったのか、ジーノはそこでようやく険しい顔を崩し、代わりに悲しげな顔でセレナを抱き寄せた。

「ごめんなさい。でもすぐに帰るつもりだったのです。薬売りの方にお会いして、お話を聞いたらすぐに……」

「……もしや、この前医者が言っていた男に会いに来たのか？」

「はい。でも私、本当に……」

すぐ帰るつもりだったという言葉は、更にきつく抱きしめられたせいで口にはできなかった。

胸が痛むほど強く回された腕のせいで、セレナは呼吸すら満足にできなくなってしまったのだ。

「俺の目のことは、お前には関係ないことだ」

強く抱きしめられてはいるが、ジーノの声は突き放すように冷ややかだった。

「帰るぞ。そして二度と、屋敷を出ることは許さない」

少し乱暴にセレナから腕を放し、ジーノは表の通りに止めていた馬車までさっさと歩いて行ってしまう。

もちろんセレナもそれに続いたが、開いてしまった距離は埋められない。

そしてこのときを境に、ジーノはこれまでの接触が嘘のように、セレナに触れようとしなくなったのだった。

＊＊＊

（今日は、ピアノの音も聞こえてこないのね……）

しんと静まりかえった寝室で、セレナは窓の外を眺めながらボンヤリと耳を澄ませる。

外出を咎められて以来、ジーノはセレナのところにほとんど顔を出さず、夕食すら一人でとるようになってしまった。

そのため彼の存在を感じられる唯一のものは、彼が奏でるピアノの音だけで、それが止まってしまうと、セレナはつい不安になる。

別に部屋に鍵をかけられているわけではないので、不安ならば部屋を出てジーノのもとに行けばいいのだけれど、セレナはどうしてもその勇気が出ない。

劇場街で冷たく突き放されて以来、彼女はジーノとどう接したらいいかわからなくなってしまったのだ。

もちろん勝手に屋敷を出たことについては謝罪したが、ジーノは聞く耳を持たない。

責任を感じたオルガが間に立ってくれたが、それでも彼はセレナを無視する一方だった。

そんな状態ではいつも通りに話しかけることはできないし、そもそも彼女の方から、ジーノに声をかけることが今までほとんどなかったため、どうやって彼に近づけば良いのかいい考えが浮かんでこない。

(私、今までジーノ様に甘えすぎていたのかも。優しくされて、きっと調子に乗っていたのね……)

彼の目のことは、セレナが触れていいものではなかったのだ。それにオルガに薬売りのところへ行ってほしいと言われたとき、セレナはジーノがそれをどう思うかをちゃんと想像しなかった。

(もっと、彼の気持ちを考えるべきだったのに)

考えれば考えるほど、後悔ばかりが頭に浮かんでは消えていく。

同時に彼にどう謝ったらいいかわからない自分が、セレナは本当に情けなかった。

（とにかく、今日こそはジーノ様にお会いしよう。このまま部屋に籠もっていても仕方がないし、ピアノの音色もひどくおつらそうだったし）

日に日に暗く沈んでいく旋律は、きっとジーノの心の表れだろう。

それをどうやって元に戻せばいいのかはわからないけれど、わからないまま部屋に籠もっていても何も進まない。

（とにかくまず、勇気を出してこの部屋を出なきゃ。そして、ジーノ様のお側にもう一度……）

震えそうになる手をぎゅっと握りしめて、セレナはそっと部屋の扉に手をかける。

だがそうするたび、脳裏をよぎるのはセレナを突き放したジーノの冷たい声だ。

それはいつしか、セレナに辛く当たった母や妹と重なり、彼女を罵倒する声が脳裏を何度も何度も駆け巡る。

セレナなどいらないと、顔も見たくないと突き放した二人の声と姿は芽生え始めた勇気を根こそぎ奪い、拒絶されることへの恐怖だけを強く心に植え付ける。

（ジーノ様ならきっと、謝れば許してくださる……）

そう思う一方で、どんな言葉をかけても受け入れてもらえなかった過去が、セレナの身体を重くする。

（でもそれでも、許してくれなかったら……？）

ジーノの側以外に居場所がないセレナは、いったいどこへ行けばいいのだろうか。やはりまた、あの家に帰るしかないのだろうか。

そう考えただけでセレナの膝からは力が抜け、彼女はドアの前で情けなくくずおれてしまうのだった。

＊＊＊

「悲壮、孤独、拒絶か……。それを繊細に紡いで美に昇華するところはジーノらしいね、さすが天才」

まるで邪魔でもしに来たように、皮肉交じりの言葉をジーノに贈ったのは、屋敷にふらりとやってきたミケーレだった。

「作曲中だ、帰れ」

「でも、どうせあんまり集中できてないんでしょ？　普段なら、僕が隣で何を喋ってもピアノの手は止まらないじゃない」

音楽室の隅に置かれた椅子を引きずって、ミケーレはピアノの側にそれを置く。

それはセレナのための椅子だと言いかけて、ジーノは慌てて言葉を呑み込む。今彼女の名前を出したら、自分の顔は絶対にこわばるに違いないし、それをこの友人が見逃すはずもない。

「最近ちっとも家に呼んでくれないから、僕の方から遊びに来たんだ。そろそろ、譜面に起こしたい曲も溜まってるかなと思って」

表面上はにこやかに笑っているが、その声音にはどこか面白がるような響きがある。

ピアノは弾けても、それを譜面に起こすことができないジーノは、曲ができるたびミケーレを呼び出し、彼に譜面起こしを手伝ってもらっていた。

ミケーレは作詞と歌劇の演出で食べているが、元々は作曲家志望だったため耳もよく、ジーノの曲を聴いただけですぐ譜面に書き起こせるのだ。

それに何より、彼は社交性のないジーノに付き合ってくれる唯一の友人で、セレナが屋敷に来るまでは暇があれば遊びに来いと言っていたのだ。

「それにジーノは飽きっぽいから、そろそろセレナさんにも飽きて、僕と遊んでくれる気になったかなって思って」

「飽きてない」

「じゃあ、彼女はどこなの？　この旋律を聴く限り、うまくいっているようには思えないけど」

意地悪な声で言って、ミケーレは早くジーノを急かす。

もちろん彼には教えたくなかったが、「それならセレナさんに聞きに行こうかな」と無駄にかわいらしい声で独り言をこぼしたミケーレに、ジーノは折れた。

「セレナと、うまく話せない……」

「話せないって、そんな子どもみたいな理由で気まずくなってるわけ？」

「一言も言葉が出ないんだぞ！　俺はセレナに怒っているのに、それを責める言葉さえ出てこない」

「怒るって、セレナさんが何かやらかしたの？」

「勝手に屋敷を出た挙げ句、見知らぬ男に絡まれた」

ジーノにとってそれは非常に腹立たしいことだったのに、話を聞いたミケーレは「ふうん」とまったく動じていない。

「絡まれたって言っても、ジーノがいるなら大事には至らなかったんでしょう？」

「だが、あと一歩遅ければ何をされていたかわからない」

実を言えば、オルガからセレナの外出の理由を聞いた時点で、彼女に対しての怒りはだいぶ収まってはいた。

むしろ自分のために薬売りのもとに行ったと聞かされたときは、彼女の献身に喜びさえ感じたのだ。

（だが、セレナを前にすると胸がもやもやして、馬鹿みたいに言葉が出てこない……）

セレナの側に立つたび、あの醜い気配の男のことが頭をよぎり、怒りで言葉に詰まってしまうのだ。

一方で、落ち込んでいるセレナの姿を感じると、怒りとはまた違う戸惑いが胸をかき乱し、いつしかジーノは彼女に触れることさえできなくなっていた。

「まあでも、逆によかったんじゃない？　ジーノ、セレナさんのヒーローになりたかったんでしょ？」

「……は？」

ミケーレの言葉の意味を考えあぐねていると、「鈍いなぁ」と呆れた声が返ってくる。

「だって、僕がセレナさんをここに連れてきた経緯を説明したら、わかりやすく嫉妬《しっと》してたじゃない。あれって、『セレナの窮地《きゅうち》は俺が救いたかったのに！』ってことじゃないの？」

ミケーレの言葉に、ジーノはようやくセレナとミケーレの関係を知ったときに感じた苛立ちを思い出す。

（そうか、あれは嫉妬だったのか……）

自分より十歳以上年下の少年に嫉妬するなんて少々情けない気もするが、一方で抱えていた苛立ちの一つに名前がついたことで、ジーノの頭は少しだけスッキリした。

「あわよくば、自分もセレナさんの窮地に格好よく駆け付けたい！　とか思ってたんでしょ？」

「思っていたかどうかは自分でもわからないが、格好よさを考える暇なんてなかったぞ」

「それはちょっと意外だな。ジーノって、何でも完璧にこなすタイプかと思った」

「格好いいどころか満身創痍《まんしんそうい》だ。セレナを捜すために劇場街を走っていたら、看板や野良犬や酒樽《さかだる》に足を取られて何度も転んだし、服は汚れるし、今も足と腕はあざだらけだ」

正直今も足は痛むと言えば、ミケーレが膝を叩きながら笑い出す。

「今の言葉、セレナさんに素直に言えばいいのに」

「何故言う必要がある」

「ボロボロになりながら捜したってことは、それくらい心配したってことでしょう?」

「心配ではなく、怒っているんだぞ俺は」

「だから、その怒りは心配から来るものなんだよ絶対。ジーノって過保護なところがあるし、そこを見せたらセレナさんも喜ぶんじゃないかなぁ」

「何故喜ばせる必要がある。むしろセレナには反省を……」

「セレナさんの性格として、反省してないわけないじゃない。むしろ反省しすぎて落ち込んでるから、ジーノはかける言葉が見つからないんでしょ?」

呆れ声と共に突きつけられた言葉に、ジーノは頬を叩かれたような気分になった。

ミケーレの指摘は、自分自身が気づいていなかった戸惑いや困惑の理由を暴いていくようだった。

「ジーノのことだから、女の子と仲直りする方法なんてわからないだろうしね」

「お前、俺の心を読んでいるのか？」

「読まなくても、わりと顔に書いてあるよ」

ミケーレの察しのよさを、驚きを通り越して感心していると、彼から呆れた眼差しを向けられた気がした。

「……ちょっと待って？　その顔、もしかして本気で自分の気持ちがわかってなかったの？」

「ああ、まったくわかっていなかった」

「冗談だと思いたいけど、ジーノらしいと言えばらしいか」

呆れ声で告げながら、ミケーレが労うようにジーノの肩をポンと叩いた。

親に慰《なぐさ》められた子どものような気分になるが、ジーノはその手を心地好くも思う。

相手が自分より年下であることを考えると、傍《はた》から見たら二人のやり取りは滑稽に違いないが、真面目に諭してくれるミケーレを好ましく思っていることを、ジーノは今更のように実感する。

「とにかくね、心配したってことはちゃんと伝えた方がいいよ。それに、セレナさんが屋敷を出たってことは何か理由があるんでしょう？　そこもちゃんと考えて、言い過ぎたってジーノが折れなくちゃ」

「だが、それでもぎくしゃくしたままならどうする」

それにそもそも、セレナに何と言ったらいいかわからないと思っていると、突然ミケーレがジーノの前にあるピアノの鍵盤《けんばん》を叩いた。

「言葉でうまく伝えられないなら、音楽を使えばいいじゃない」

「音楽？」

「ジーノは言葉より音を使った方が饒舌《じょうぜつ》になるからね。謝りたい気持ちとか、心配だったこととか、全部曲にしちゃえばいいんだよ」

確かに言葉にするよりずっと、その方が簡単に思えた。

「ついでに彼女のために甘いラブソングでも作ってあげなよ。ジーノに曲を贈られて、悪い気分になる女の人なんていないはずだからさ」

「あえて作らずとも、もう既に彼女のための曲なら無数にある」

「じゃあその中でもとびきり素敵な曲をセレナさんに贈りなよ。そうすればきっと、また元通りになれるよ」

ミケーレの提案は、セレナと仲直りができるいいきっかけになるに違いないと思えるものだった。

「そうだな、やってみよう」

音楽に身をゆだね、思うがまま旋律を紡げば、きっと言葉以上にジーノの気持ちを捉えた曲ができるに違いない。

ミケーレのおかげで気持ちの整理がついたこともあり、ピアノに向き合えば、指はゆっくりと鍵盤をなぞりながら、最初の一音を探し始める。

「じゃあ、がんばってね」

空気を読んでミケーレが部屋を出て行ったのを最後に、ジーノの意識は頭の中にこだまする音楽の渦に呑み込まれていった。

＊＊＊

心地好くて静かな雨音が聞こえてきて、セレナはふっと意識を取り戻した。

（あれ、私……）

硬くこわばった身体に戸惑いながらそっと顔を上げると、窓の外はずいぶんと暗くなっている。

それに驚きながら、横になっていたソファから起き上がったセレナは、自分がいつのまにか深い眠りに落ちていたことに気がついた。

（最近眠れていなかったから、そのせいかしら……）

ジーノと眠ることが当たり前になっていたせいか、一人で眠るようになったここ数日は、一晩のうちに何度も悪夢を見てしまい、飛び起きるばかりだった。

そのせいで常に眠りは浅く、それが少しずつセレナから気力と体力を奪ってしまっていたのだろう。

(でも今は、なんだかすごく心地好く眠れた気がする。……それも、この雨音のおかげかしら)

ゆっくりと立ち上がりながらドレスを直していると、不意に雨音が遠ざかる。

(違う、この音は……)

はっと聞き耳を立てると、彼女を優しく揺り起こしたのは本物の雨音ではなく、雨を思わせる繊細なピアノの音色だった。

本物の雨音とは似ても似つかないはずなのに、紡がれる調べは柔らかな春の雨を思わせ、セレナの張り詰めていた気持ちを優しくほぐしていく。

たぶんこの調べに包まれていたおかげでぐっすり眠ることができたのだろうと気づいたセレナは、その音につられるように、廊下へと続く扉に進んで行く。

いつもならそこでくじけてしまうところだけれど、セレナの手はこれまでの戸惑いが嘘のように部屋の扉をそっと押し開けた。

そのままピアノの音色に導かれるように廊下を進み、気がつけば音楽室の前までやってきていた。

（やっぱりこの曲は、ジーノ様が弾いているのよね……）

穏やかで、美しくて、そして少し悲しい旋律を奏でられるのは、ジーノでしかありえない。

けれど聞こえてくる曲は、今まで彼が作ったどの曲とも装いが違っていた。

（いつもより悲しげで……でもすごく優しい曲……）

雨を思わせる旋律だけれど、よく耳を澄ませるとその中で誰かが悲しく泣いているような、そんな音がひっそりと隠されている気もする。

寂しい、悲しいと言いたげな音はジーノの声のようにも思え、セレナはそれまでの戸惑いも忘れて音楽室の扉を開けた。

「……セレナか？」

旋律の雨がやみ、暗闇の向こうからジーノの声がする。

今日もまた彼は闇の中にいて、部屋には僅かな明かりも灯っていない。

けれど明かりを取りに戻るのも億劫で、セレナは暗がりに目をこらし、ジーノのシルエットを探した。

「す、少し待っていてくれ。まだ、曲ができていなくて……」

大きなピアノの側に見つけたジーノの影は、いつもより落ち着きがないように見えた。

響く声にも焦りの色が窺え、セレナは慌てて部屋を出て行こうと踵を返す。

「いや待て、やはり行かないでくれ！」

「でも、お仕事のお邪魔はしたくありませんし……」

「仕事をしていたわけじゃないんだ。気持ちを整理しようとピアノに向かっていたんだが、なかなかうまくいかなくて」

ジーノの声には焦りと苦悶が滲んでいるが、先ほど聞こえていた曲は、世に出れば誰もが褒め称えるであろう特別な響きを持っていたように思う。

だがジーノはそれに満足している様子はなく、暗闇の奥からは納得がいっていないと言わんばかりの呻き声が聞こえてくる。

（こんなにも悩んでいるジーノ様は、初めて見たかも）

ジーノはいつも自信満々で、曲作りに悩んでいる様子は今まで一度もなかった。

だから少し心配になり、セレナはそっとジーノの側へと近づいていく。

「先ほどの曲、私はとても素敵だと思いました」

「素敵な曲ではだめなんだ。あれは、謝罪の曲だから……もっとこう……なんというか……」

必死に言葉を探しているが、求める表現が見つからなかったのだろう。

とにかく「違う」「こうじゃない」と繰り返し、それからゆっくりとセレナの方に顔を向けた。

ようやく目が慣れてきたおかげで、こちらを見つめるジーノの顔がどこか不安げに歪んでいることに気づく。

「気持ちが、曲にならないんだ。俺が表現したいのは、もっと別のものなのに……」

そう告げる声があまりに沈んでいたから、セレナはそれまでの気まずさも忘れて、ジーノの背中を優しく撫でた。

「では少し、時間を置いてみるのはいかがですか？　このところずっとピアノに向かわれていましたし、根を詰めすぎて疲れているのかも」

「でもこの曲は今すぐいるんだ!!」

ジーノは髪をかき乱し、もう一度ピアノに手を置く。

だが集中力が切れてしまっているのか彼の指先は動かず、代わりに辛そうな呻き声ばかりが部屋に響いた。

「この曲ができないと、お前と仲直りできないのに」

ジーノの言葉はあまりに予想外で、セレナは思わず瞬きを繰り返す。

仕事ではないと言っていたけれど、彼の作る曲がセレナに関係しているなんて彼女はちっとも考えていなかったのだ。

「お前と仲直りがしたいのに、ここ最近の俺は馬鹿みたいに何も言えなくなるだろう？　だから言葉の代わりに曲を作って聴かせようと思ったのだが、全然うまくいかない！」

直後、ジーノは派手な音を立てて鍵盤の上に突っ伏してしまう。

したたか額を打ったように見えたが、ジーノの口からはすぐに「もうだめだ」「お終いだ」という独り言がこぼれ始める。どうやら、怪我などはしていないらしい。

それにほっとしつつ、セレナは彼の側にそっと膝をついた。

「言葉が足りなかったのは私も同じです。それよりも今、ジーノ様は私とちゃんと言葉を交わされているではありませんか」

そのまま宥めるように頭をそっと撫でると、倒れたときと同じ勢いで、彼はがばっと顔を上げる。

「……確かにそうだ、お前が側にいるのにちゃんと口が動く」

「それに仲直りしたいと、そう言っていただけて嬉しいです。むしろ私の方から謝罪をして、仲直りしたいと言わなければならなかったのに……」

「謝るな。謝罪するお前の声は、聞いていると悲しくなるから聞きたくない」

それからジーノはセレナの方へと身体を傾け、ゆっくりと瞼を押し上げる。

「この前のことは……その……言いすぎた」

ジーノはセレナを捜すように腕をのばし、セレナはその腕を優しくとる。

久方ぶりに感じたジーノの温もりは、以前感じたときよりずっと心地いい気がした。

「あのときは頭に血が上りすぎて、お前に落ち度がないのに冷たく当たってしまった」

「お、落ち度ならあります……。言いつけを守らなかったのは私ですし、ジーノ様のお気持ちに配慮もいたしませんでした」

「配慮ならしてくれていただろう。お前は俺のために、薬のことを聞きに行ってくれたのだから」

「ですがご迷惑でしたでしょう……」

後悔の滲む声に、ジーノは慌てて首を横に振る。

「迷惑だとは思っていない。お節介を焼かれるのはあまり好きではないが、セレナにされるとむしろ嬉しいくらいだったんだ！」

だがセレナがいなくなったのが心配で、セレナに絡んでいた男のことでも苛立って、それで怒ってしまったのだということを、ジーノはたどたどしい言葉で必死に伝えてくれた。

ジーノ本人も言うように、彼の言葉はわかりにくいところもあったけれど、先ほど曲を聴いたときに感じた辛そうな旋律を思い出せば、彼がセレナへの言動を後悔しているのはすぐにわかる。

「お前は何も悪くない。むしろその……ありがとう」

ジーノの言葉に、セレナの目の奥が熱くなり、喉がぎゅっと締め付けられる。

本当はすぐにでも、彼の感謝の言葉に応えたかったのに、こみ上げてきた感情が蓋をして、セレナはしばらくの間、言葉一つ発することができなかった。

「もしかして、呆れられたのか？　心が狭いと、そう思っているなら怒ってもかまわないぞ？」

「違います……。ただ……嫌われていなくてよかったと、そう思って……」

ようやくこぼれた言葉は震えてしまったけれど、今度はジーノがセレナの頭を優しく撫でてくれる。

その手つきはあまりに優しくて、おかげでこの数日胸に巣くっていた恐怖はゆっくりと溶けていき、ジーノに寄り添う勇気も湧いてくる。

「私まだ……ジーノ様のお側にいてもいいんですね……」

「当たり前だ。お前を嫌いになることなんてありえない」

「それを聞いて、安心しました……」

「安心したのは俺もだ。曲もできないし、気持ちは不安定になるばかりだし、お前ともう二度と喋れないのではと思っていた……」

むしろセレナより、ジーノの方がまっすぐに気持ちを伝えていた気がするが、彼女を抱きしめようとのばされた腕は、確かに少し戸惑っている様子だった。

（ジーノ様を悩ませてしまうくらいなら、もっと早くに勇気を出すべきだった……）

怯えてばかりだった自分を情けなく思いながら、セレナはゆっくりと立ち上がる。

（もう二度と、彼を困らせるようなことがないように、私ももっとしっかりしなきゃ）

　このままではだめだといつも以上に強く思いながら、セレナは勇気を持って、今度は自分からジーノの方へと近づいていく。

　彼女はジーノにされるより早く彼の身体を抱きしめ、彼を放さないように腕に力を込めた。

「私、もう二度と間違えないようにします。ジーノ様が不快に思うようなことは、もう絶対にいたしません」

「本当か？」

「はい。……だから、ジーノ様のことを教えていただいてもいいですか？　もう間違えないように、あなたの望みをちゃんと知りたくて」

　セレナがなかなか彼と向き合うことができなかったのは、まだジーノという人間のことをよく知らないせいもあると、今なら思える。

　そしてそのせいで思い違いやすれ違いが発生し、気まずくなってしまうのはもう嫌だった。

「本当に今更ですが、私はジーノ様のことを何も知らないと気づいたのです。お聞きしていいのかもわからなくて、臆病になっている間に時間だけが過ぎてしまって……」

　それにたぶん、彼をこれ以上知ったら、引き返せなくなるとセレナは思っていたのだ。

（このままだと、きっと私……彼のことをもっと好きになってしまうから）

けれど、もうこんなことを考える時点で手遅れなのだろう。

ジーノに対して特別な感情を抱いていることくらいはわかるし、そうでなければ彼に嫌われることをこんなにも恐れたりはしない。

けれど婚約は期限付きだし、もし彼が心の底から愛する人が現れたら、自分は去らなければならない身だ。

自分が傷つくのが嫌で彼と距離を取ろうと思っていたのだが、そのせいでジーノを怒らせた今は、考えを改めようとセレナは決意する。

(お側にいるなら、半端な覚悟じゃいけない……。ちゃんとジーノ様のことを知って、彼が私の側にいたいと思える存在にならないと)

でなければまたすれ違ったり、彼を不快にさせてしまうかもしれないし、その上謝り方もわからないなんて、あまりに情けない。

「私、ジーノ様のことをほとんど知りません。よくよく考えたら、私はあなたの好きな食べ物さえ知らないって気づいたんです」

「確かに俺は、あまり自分のことを語らないと言われるな」

「話すのがお好きではないのですか?」

「というより、自分のことが自分でもわからないと言った方が正しいかもしれない」

戸惑いの言葉と共にジーノはセレナを強く抱き寄せ、自分の膝の上に座らせる。

「そもそも俺は、自分が望むものさえろくにわからない男だ。歌劇や音楽は好きだが、正直それがなくても生きていけると思っているくらいだしな」

その言葉は意外で、セレナは驚く。彼は音楽を愛し、音楽こそが彼の人生だと思っていたからだ。

「ジーノ様は、音楽を他の何よりも愛していらっしゃるのだとばかり思っていました」

「俺が音楽を愛しているのではなく、音楽の方が俺を愛してくれているのだと思う。いつも自然と旋律は浮かぶし、その才能のおかげで師と出会い、富や名声を手にできたのだからな」

必要なものも、望んだものも全て音楽が与えてくれたのだと、ジーノは言い切る。

「だから俺は、何かを強く望むことはあまりなかった気がする。むしろ強い執着は面倒を引き起こすとさえ思っていたから、ただただ思うまま音楽を紡ぎ、ささやかな欲求を満たすだけの生活をずっと続けていた」

だが……と、ジーノはセレナの顔を見つめるように目を細める。

見えていないはずなのに、ジーノに見つめられて戸惑うセレナの全てを、見透かしているようだった。

「お前が現れたことで、俺の世界は少し変わったように思う。お前の声は、どんな名曲よりも俺の心を揺さぶる」

「でも、私の声は……」

「ひどいなんて言うな。誰よりも耳のいい俺が素晴らしいと言うんだから、いい加減に信じろ」

何百回、何千回と「汚い声だ」と言われ続けてきたせいで、一生自分の声には自信が持てないと思っていたけれど、いつか人並みに自分を誇れるようになる日が来るかもしれないと、ジーノの言葉を聞きながら思う。

「その声は、何があっても失いたくない」

優しい声と共に、ジーノはセレナの喉に優しいキスをする。

彼の唇はうっとりするほど甘かったけれど、一方でセレナの胸は痛むように少し疼く。

最初からずっと、彼が執着しているのは自分の声だとわかっていたはずなのに、向けられた好意が限定的なものであることに、セレナは辛いと感じてしまう。

(自分の全てを愛してほしいなんて、おこがましすぎるのに……)

むしろ声だけでも十分すぎるほどなのにと胸を押さえながら、セレナはジーノのキスだけに意識を集中させる。

「ん……」

そうしていると、いつもより唇の温もりを強く感じてしまい、甘い吐息がこぼれてしまう。

するると、ジーノは勢いよく顔を上げ、普段の彼らしいニヤニヤした顔で悶え始めた。

「キスだけではもう物足りない。……夕食まではまだ時間もあるし、ベッドに行こう」

物足りないと告げたジーノの声に、セレナはびくりと身体を震わせる。

（もしかして、もっと触ってほしいと思ってしまったこと……気づかれてしまったかしら）

甘く啄《ついば》まれるたび、切ないような物足りないような気持ちがセレナの中で膨らんでいた。

抱きしめられているのにそれだけでは満足できなくて、もっとジーノを感じたいと思ってしまった直後、まるで察したかのように彼は先ほどより強くセレナの腰に腕を回していた。

そのまま抱き上げられ、ジーノはセレナの身体を彼女の寝室へと運ぶ。

ゆっくりとベッドに下ろされるのと同時に、ジーノの顔がセレナへと近づいた。

唇が重なり、甘く優しい口づけがゆったりと続く。

荒々しくはないのに、セレナの頭と身体はあっという間に蕩けていくようだった。

「もう、ずいぶんと蕩けているようだな」

「どうして……」

わかるのかという言葉は、優しいキスに遮られた。

「目が見えずとも、お前のことは感じられるからな」

「それは、温もりや音でということ……ですか？」

「他にも色々あるが……」

そこでジーノはふっと笑顔を作る。

「お前も、俺の世界を感じてみるか？」

「えっ？」

そして彼はクラヴァットをするりとほどき、セレナに差し出した。

「コレで目を覆ってみろ。そうすれば俺の言っている意味がわかる」

その声にはどことなく期待が込められていて、セレナは戸惑いながらもクラヴァットを受け取ってしまう。

「でも、目を隠してしまったら、動けなくなってしまうかもしれません」

「かまわない。ちゃんと、俺が気持ちよくさせるから」

甘い囁きに身体をぞくりと震わせながら、セレナはクラヴァットをそっと持ち直す。

(少し緊張するけど、ジーノ様のことを知るいい機会かもしれない)

クラヴァットを目に当てて頭の後ろでキュッと結ぶと、セレナの視界は闇に覆われる。

クラヴァットは幅が太く生地も厚いので、部屋を灯す蝋燭《ろうそく》の明かりは僅かしか入ってこない。

「できました……」

「緊張しなくていい。ただ、俺に身を任せていろ」

思ったよりも近くで声がしたと気づいた直後、ジーノがセレナの唇を奪う。

優しかったキスがいきなり激しさを増し、ジーノの舌が荒々しくセレナの舌を絡め取る。

「……ん、むぅ……ン」

キスをしながらの呼吸には慣れたつもりだったのに、ジーノの舌使いに翻弄されるあまり、息をする暇さえ見つからない。

（これ……すごい……）

その上、舌先がいつもより敏感になっているのか、軽く触れ合うだけでビクンと身体が跳ねて、腰の奥が切なく震え出す。

「あん、ふぁ……んッ」

息の代わりに溢れる声も大きくなっていき、ジーノを求めるように淫猥に震えてしまっている。

それを恥ずかしく思うが、自分を律する余裕などあるはずがなかった。

「いつになく声が蕩けているな……。俺の世界が気に入ったか？」

ようやくキスが終わったと思えば、甘い言葉と共に耳を優しく食まれてしまう。

そのまま耳の形を舌で探られ、耳たぶを優しく噛まれると、ジーノの言葉に答える余裕さえなくなってしまう。

「今夜は二人、闇の中で抱き合おう」

セレナの身体をうまく誘導しながら、ジーノは彼女のドレスを脱がせ、彼もまた服を脱いだようだった。

彼の前で裸になるのはこれが初めてではないけれど、相手の様子が見えないだけで、いつもより恥ずかしさが増している。

そのままじっとベッドの上で座り込んでいると、ジーノの髪らしきものがセレナの腹部をくすぐった。

「……あッ」

直後、何かがセレナのへその周りをざらりと撫でた。

「……こ、これは……」

「なんだと思う？」

刺激の合間にこぼれた声に、セレナは身を震わせながら必死に考える。

「もしかして、舌で……」

「セレナは察しがいいな」

どうやらジーノは、セレナの腹部に顔を寄せ、彼女の肌を猫のように舐めているらしい。

「やっ……あっ、ンッ……くすぐったい……」

脇腹を指で撫でられながら、腹部を舐められていると、身体の疼きがどんどん強くなってくる。

　ジーノが寄りかかっているのであまり動かないようにと思っているのに、へその周りを強く舐められると嬌声と共に腰がビクンと跳ね上がってしまう。

「次は、もう少し上にいくぞ」

「ンあっ……そこ……だめです……胸は……」

「服を脱いだときからすでに硬くなっていたが、今はもっと熟れてきているようだな」

　嬉しそうな声と共に胸の頂を刺激され、セレナは身体を震わせながらやめてと懇願する。

　指先で触れられているのはわかるが、刺激の形があっという間に変わっていくので、自分が何をされているのかわからない。

　だがそれが、感じたことのない強い愉悦を生み出し、いつも以上に彼女の心を淫らに乱す。

「やめて……お願い……」

「何故だ？　お前の身体はよさそうに震えているぞ」

「や…変に……なって……アッ、ゃ……」

「なればいい。見えないのなら、恥ずかしがる必要はないだろう？」

　鎖骨の辺りに落ちるキスの感触に、セレナは髪を振り乱してよがり狂う。

（いつもより、声が出ちゃう……）

ジーノのもたらす刺激は、いつもよりずっと強くてあらがえない。

特段強く触れられているわけではなさそうなのに、とても強く鮮明に感じられるのだ。

それに、いつもは痴態に震える自分の身体が見えるから恥ずかしさを感じて自然と声を我慢できるのだけれど、見えないせいで歯止めがきかなくなっている気もする。

「あっ……首…だめなの……」

「ああ、今の声は淫らで美しい」

「あっ、あつい、やぁ……」

「溶けそうか？」

「とけ……ちゃう。あぁっ、あつい……の……」

まだ直接触れられてもいないのに、恥部から溢れた蜜が太ももを濡らしていくのがわかる。

いつから自分はこんなにはしたなくなってしまったのかと戸惑うが、胸と首を行き来する刺激のせいで、蜜は止まるどころか溢れていくばかりだ。

ジーノの手つきは予想もつかないタイミングで胸や太ももを撫で上げ、そのたびにセレナは身体を跳ね上げた。

気がつけばそのままベッドに押し倒され、胸を食まれながら身体の輪郭をなぞられ、セレナはジーノにされるがまま痴態をさらす。

「久々なせいか、俺もあまり我慢できそうにない」

切迫した声と共に、セレナの脚がゆっくりと開かれる。

いつもなら身体を硬くするところだが、熱と快楽に支配されたセレナの身体はいつも以上に従順だった。

「セレナも、俺が欲しいか？」

「……は……い……」

「それなら俺の名前を呼べ」

ジーノの言葉に、戸惑う気持ちはもはやなかった。

「……っ、ジーノ様……はやく……」

名を呼ぶどころか、淫らな欲望までもが口からこぼれ、セレナは自分の甘い声に頬を染める。

だが撤回する間もなく、セレナ以上に熱を持った肉棒が、彼女の入り口をぐっと押し広げた。

「……ああッジーノ様……！」

そのまま一気に奥まで突き入れられたのに、痛みは感じない。

むしろいつも以上に、彼の熱と欲望が感じられ、セレナの身体がビクンと震えた。

（ジーノ様の形まで……わかる気がする……）

ひさしぶりとはいえ、何度も抱かれたせいでセレナの中はジーノの形を覚えていたのだろう。

ぐんっと突き上げられるたび、擦られた隘路から甘い気持ちよさが溢れて止まらない。

「ああ……今日はいつになく絡みついてくる……」

子宮の入り口を擦るほど奥に穿たれた直後、セレナの中がきゅっと彼を締め付ける。

ぴたりと腰を合わせたまま、ジーノの身体がセレナの上へとのしかかった。

はしたなく開いていた足を彼の腰に絡めると、ジーノの舌が再びセレナの唇を攻め始める。

舌が絡み合うたびにクチュクチュと響く音だけで、セレナの気持ちが淫らに高まっていく。

「ひゃっ……ん……ア、うッ」

（ジーノ様が音に固執する意味が……わかったかも……）

視界が遮られていると、その分他の感覚が過敏になる。

肌の打ち合う音や、重なったところからこぼれる汗の匂い、そして何より直に伝わる温もりが、セレナの意識を甘く痺れさせるのだ。

（すごい……でも……）

一方で、すぐ側にいるジーノの顔が見られないことがとても辛い。

側にいるのはわかっているし、いつも以上に感じているはずなのに、手をのばしても届かないのではという恐怖が時折頭をよぎるのだ。

「セレナ……そろそろいくぞ」

「はい……ジーノ……さま」

「もっとだ、もっと名前を呼んでくれ」

「ジーノさ、ま……ああっ、……すごい……ジーノ……」

「セ……レナ……ッ！」

名前を呼び合い、お互いの存在を確認しながら、二人は愉悦の熱に溺れ、絶頂へと向かっていく。

(すごい……なか……出てる……)

愉悦の波に意識は呑まれそうなのに、敏感になった感覚はジーノが注ぎ込む熱の流れを追っていた。

「セレナ……」

耳元でそっと名前を呼ばれ、セレナもまた、彼の名前を呼ぼうと口を開く。

しかし声は甘い吐息にしかならず、代わりに彼女はジーノの背中をそっと撫でた。

(このままずっと、繋がっていたい……)

何も見えない闇の中では、よけいにそう思う。

そして同時に、なかなかセレナから離れようとしないジーノの気持ちが、今更のように理解できた気がした。

(奥まで繋がって、それでもまだ……届いていない気がする……。だからジーノ様は、ずっと寂しい顔をされていたのね……)

縋り付いてくるジーノの身体を撫で続けながら、セレナの奥が自然とジーノを優しく締めつける。

いつもは自分からねだることなんてないけれど、自分も彼もまだ物足りないと感じているのがわかったから、セレナは勇気を出してジーノの耳元に唇を近づけた。

「……ジーノ様、私……まだ……」

「足りないか？」

「……はい」

照れながら答えると、セレナの奥でジーノの肉棒が逞しさを増していくのを感じる。

「奇遇だな、俺もだ」

声に嬉しそうな響きを滲ませて、ジーノはゆっくりとセレナの中を穿ち始める。

「今夜は……ずっと……お側に……」

「もとから離す気などないさ」

甘い声と共にキスが再開され、セレナはぎゅっとジーノの身体を抱きしめる。

少しでも彼との距離がなくなるように、ジーノが寂しさを感じないようにと祈りながら、セレナは再びもたらされる愉悦の波に身を投じたのだった。

＊＊＊

三度目の絶頂を迎え、セレナがぐったりと動きを止めたのを察したジーノは、彼女の目を覆っていたクラヴァットを優しく外す。

「……ジーノ様……」

眠ってしまっているかと思ったが、どうやらまだ意識が残っていたらしい。

行為が終わると同時に眠ってしまう彼女にしては珍しいなと思いながら、ジーノはこちらに向けられている顔の輪郭を指でたどった。

くすぐったそうに身を捩るセレナの様子に再び身体は熱を持つが、起きているとはいえ彼女の動きはいつもより鈍い。

これ以上の行為は負担になりそうだと察したジーノは、彼女の顔があるとおぼしき場所に目を向けながら、そっと微笑んだ。

「さっきはずいぶん乱れていたが、お前も目が見えない方が興奮するのか？」

「そ、そんなに、はしたなかったですか？」

「はしたなくはない。むしろ乱れたお前の声は愛らしすぎて、俺の方も抑えがきかなかった」

褒めたつもりだが、セレナは戸惑うように身を捩り、頬に添えられたジーノの手にそっと自身の手を重ねてきた。

重なり合う温もりを心地いいなと思っていると、少し躊躇いながらセレナが口を開くのがわかった。

「目が見えないと感覚が過敏になるのはわかりました。でも、少しその……」

「もしかして、好きな感覚ではなかったか？」

「いえ、不快感もなかったし、気持ちは良かったんです……。だけど、少しだけ、寂しくて」

僅かに身を捩り、セレナがジーノの身体にすり寄ってくる。

ただそれだけのことで、ジーノの理性は飛びそうになり、幸せを感じさせる旋律がいくつも思い浮かんだが、今はそれを形にするより彼女の温もりを感じることを優先した。

セレナの方から近づいてきてくれるなんて、なかなかあることではない。

「私はジーノ様より鈍いので、目が見えている方があなたのことを感じられるみたいです」

「では、目隠しはもうやめよう。俺の顔でよければ好きなだけ見てくれ」

「ずっと見ながらというのも、それはそれで恥ずかしい気もしますが」

「いいじゃないか、俺には見られていることがわからないし」

「ですがジーノ様は察しがいいので、照れていることを気づかれてしまいそうですし」

確かに、セレナがことあるごとに顔を赤くし、恥じらっているとジーノは気づいていた。

だがそれは、上がっていく彼女の体温や、僅かな震えから『顔が赤い』という状態を察しているだけに過ぎない。

(そもそも、人が恥じらう顔がどんなものかも、覚えていないしな)

改めて知りたいとも思わなかったし、その必要もずっと感じてこなかったくらいだったが、セレナの恥じらう顔ならば見てみたいという気がする。

顔が赤いとはどんな状況なのだろうか、恥じらいに震えるときの表情はどれほどかわいいのだろうかと思うだけで、ジーノの好奇心はむくむくと膨れあがった。

「目を治せば、俺はお前の全てを知ることができるかな?」

「もしかして、治療を受ける気になったのですか?」

告げる声はどこか弾んでいて、ジーノはそれを少し不思議に思った。

「まだ決めていないが、何故嬉しそうな声を出す?」

「すみません、勝手に……」

「怒っているわけではない。ただ、何故だろうかと疑問に思った」

尋ねると、セレナは少し悩んだあと、言葉を選びながらゆっくりと話し出す。

「目隠しをしながら抱かれたとき、繋がっているはずなのに、ジーノ様をどこか遠くに感じたのです。それが寂しくて辛かったから、ジーノ様も同じ気持ちであるなら嫌だなと思って」

セレナの言葉に、ジーノは目を見開く。

もう幾度となくセレナを抱いていたが、ジーノの心は確かにどこか満たされていなかった。

（単純に俺の性欲が強すぎるだけかと思っていたが、もしかしたら俺も、寂しいと感じていたのかもしれないな）

どんなに側にいても、ジーノの視界に彼女が現れることはない。

だがそれは彼女に限ったことではないし、自分の見ている世界に誰かが映ることをジーノは期待すらしていなかった。

けれどセレナはやはり別なのだ。

最初はその声さえあればいいと思っていたが、今はもうそれだけでは満足できそうにない。

「すみません、やっぱり少し出すぎたことを言いました……。今の発言は、忘れてください」

そう言って、セレナはジーノから離れていこうと身を捩る。

そこでようやく、ずいぶん長いこと黙ったままだったのに気づき、ジーノは慌てて彼女の身体を抱き寄せた。

「謝ることなど何もない。むしろお前の言葉のおかげで、自分の気持ちがわかったくらいだ」

感謝の気持ちを込めて彼女の頬に口づけを落とし、セレナの戸惑いを落ち着かせようと彼女の背中を優しく撫でる。

「黙っていたのは、色々と驚いたからだ。自分が寂しいと感じていたことも、何かをこんなにも見たいと望んだのも初めてだったから」

「ですが、目が見えないと不自由ですし、治したいと思ったことはないのですか？」

「治療はこれまでもしてきたが、よくなったことは一度もないし、むしろ悪化することの方が多かったからな」

でも何か、別の理由もあった気がして、ジーノは不意に口をつぐむ。

いつもなら自分のことを深く考えたりはしないけれど、何故だか今日は、いつもより深く記憶をたぐり寄せることができた。

そうして思い出したのはジーノにとってあまりいい記憶ではなく、不快感を伴うものだったけれど、腕の中の温もりのおかげで嫌な気持ちはそれほどない。

「そもそもこの目は、治療してはいけないものだと思っていたのかもしれない」

「それは、どういう意味ですか？」

怪訝そうな声に答えるのを迷ったが、セレナはジーノの側にいるために、彼のことを知りたいと言っていた。そしてそれは、今後も一緒にいるなら確かに必要なことのように思えたから、彼は言葉を続ける。

「この目は、望まれてこうなったのだ」

意外な言葉だったのか、セレナが僅かに息を呑む。

だが一方で、彼女はジーノの言葉の意味を知りたいと思っているようだったから、ジーノはセレナと向き合い、他人に話したことのない自分の過去をゆっくりと語り始めた。

＊＊＊

今でこそ天才と呼ばれているが、幼い頃のジーノは何も持たない貧しい少年だった。

彼は娼婦をしていた母と二人で暮らし、父は顔さえ見たことがなかった。

それ故、ジーノは娼館の屋根裏部屋で他の子どもたちと過ごすことが多く、元々性格の明るい彼は、他の子どもたちをまとめる兄のような存在だった。

だから誰かが泣き出すと、屋根裏に置かれていたピアノで楽しい曲を弾き、慰めるようになっていた。そしてこれが、彼の才能を開花させるきっかけとなった。

ピアノを初めて弾いたときのことは忘れてしまったけれど、ジーノは当時まだ五歳だったにもかかわらず、耳がよくて一度聴いた曲はすらすらとピアノで再現することができたので、その才能は早くから周りの目に留まっていた。

中でもそれに期待していたのは彼の母だった。

この国では学問と同じくらい芸術を重んじる傾向にあり、特に音楽の才能があれば労働階級から中流階級へ上がることも可能だ。

だから母はジーノの才能をのばそうと必死だった。そしてジーノも、母が望むならとピアノを弾くことが多くなった。

だが六歳になったある日、突然、彼の目に違和感が出始めた。

音楽の勉強が楽しいあまり、寝ないでピアノや譜面と向き合っていたジーノは、最初それを単なる目の疲れだと思った。

だがそのうち、視界の隅が縁取られたように濁《にご》り始めていることに気がついた。

そこでようやく単なる疲労ではないと気づき、母に連れられて病院に駆け込むと、今治療を施さなければジーノの目は完全に見えなくなると医者から宣告されたのだった。

病気は初期段階だったため、治療にはさして費用もかからないと医者は言っていた。稼《かせ》ぎの少ない母でも十分支払える額であり、定期的に病院に通えば失明も免れるはずだったのだ。

だが失明という言葉を聞いたとき、母はあえて治療をしないという選択をした。

彼女はジーノの才能と、その卓越した聴力を知っていた。そして何より、この国で信仰される芸術の神『オルン』が全盲であることから、息子にある種の運命を感じたのかもしれない。

「あなたは、暗闇の中でピアノを弾きなさい。その目は必ず、あなたの価値になるから」

母が告げたその言葉に、幼いジーノは従う他なかった。

その頃のジーノにとって母は絶対だったし、実際ピアノを弾いたり曲を作ることに関しては、目が見えなくても驚くほどすらすらとできたのだ。

そうしているうちに、ジーノは目の見えない天才少年としてもてはやされるようになり、彼の噂はいつしか貴族たちにも広まることとなったのだ。

そしてそこから様々な人脈も生まれ、ジーノは僅か六歳という幼さで王立音楽院から入学の誘いを受けることになる。

そこでめきめきと頭角を現した彼は、若くして名声を得るようになり、その更に数年後、人生の師との出会いを果たしたのである。

自分の過去の断片を語り終え、ジーノはそっとセレナに身を寄せた。

彼が語った話は、自分の師とオルガにしか話したことのないものだったが、不思議とセレナの前ではずっと見えていなかった自分の本当の気持ちまで、自然と溢れてくる。

「母は、厳しいばかりで優しくしてくれたことなどなかった。俺がピアノで稼いだ金も、自分の装飾品に使ってしまうような女性だった……。それでもただ一人の肉親で、彼女が残してくれた唯一の価値あるものが、見えなくなったこの目だから、手放すことを恐れていたのかもしれない」

そんな自分はおかしいだろうかと、弱音にも似た言葉をこぼすと、腕の中にいたセレナが首を大きく横に振るのがわかる。

「私も同じです。どんな仕打ちを受けても、家族であるというだけで特別な感情を抱いてしまうし、それはなかなか消すことができないと思います」

「確かに、大人になった今は母への不満も感じられるようになったが、子どもの頃は逆に神聖視すらしていたと思う」

だから何度目を治そうと言われても、ジーノはそれに応じることができなかったのかもしれない。

母が残してくれたものを失ってまで、別の大切なものが得られるとは思っていなかったのだ。

「そういえば、ジーノ様のお母様はいつ頃亡くなったんですか？」

「俺が音楽院に入る前に亡くなったんだ。今思えば、ずいぶんと皮肉な最後だったよ……」

事故か何かだったのかと尋ねるセレナに、ジーノは首を横に振る。

「急な病気だったんだが、倒れた部屋にいたのが運悪く目の見えない俺だけだったんだ。音もしなかったし、今ほど周りの気配にも敏感じゃなかったから、倒れたことに気づいたときにはずいぶんと時間がたってしまってな……」

だから当時は、もっと早くに気づけていればと後悔したが、大人になり、悲しみも去ってしまった今は、あまりに皮肉な最後だと思えてしまう。

母は、息子の目を治さなかったばかりに、それが災いして命を落としたのだ。

（俺の成功と富を誰より望んでいたのに、本当に皮肉だ……）

「ごめんなさい、そんなことがあったなんて知らなくて」

「気にするな。自分でも無情だと思うほど、母のことはもう気にしていないし、むしろ明るい話ができなくて悪いな」

セレナは感受性が豊かなところがあるために、ジーノの話を聞いて自分のことのように心を痛めているようだった。

だがジーノは彼女を落ち込ませようと思って自分の話をしたわけではない。

ただ、彼女にもっと自分を近しい存在として認識してほしいと思っただけだ。

「今度はお前の気分が明るくなることをしよう」

それには何がいいかと考えて、ふと彼女のために用意した特別な贈り物のことが思い浮かんだ。

それでまた、明るい声を聞かせてくれと言うやいなや、ジーノは自分の部屋からヴァイオリンを持ってくる。普段はピアノを弾くことが多いが、ヴァイオリンもまた彼が得意とする楽器の一つなのだ。

「仲直りをするために、お前のために曲を作ったのだ。それを聴けば、きっと気分も明るくなる」

その言葉にセレナが驚いている気配を感じ、ジーノはほくそ笑む。

「あ、あの……」

遠慮しているのか、セレナは戸惑うように声を上げるが、それに応えるのももどかしかったし、何より曲を聴けば、彼女は戸惑いなど忘れて喜んでくれるに違いないという確信があった。

だから彼は素早くヴァイオリンをかまえると、彼女のために作った子守歌を奏で始めた。

彼女を想いながら作った曲はたくさんあるが、中でも一番セレナのことをうまく旋律にすることができたのがこの子守歌だ。

彼女はいつも優しく、ジーノのことを抱きしめて側にいてくれる。

それを表現するには、穏やかな子守歌が一番合っている気がして、最初にこの曲を作ったのだ。

長い曲ではないが、彼女への愛おしさを込めて奏でれば、セレナの口から感嘆の声がこぼれる。

「……すごく、素敵です」

曲が終わると同時に聞こえてきた賞賛に、ジーノは得意になって彼女の方へ戻る。

だがそこで何故かまた彼女は戸惑ったように身を硬くし、ジーノはそれを不思議に思った。

「なんだ、本当はあまり好きではなかったか？」

「ち、違います！　一緒に歌いたくなるような、すごく素敵な曲でした！」

「歌うというのはいい考えだ！　今すぐ歌ってくれ！」

うっかり興奮しながら彼女に迫ると、またそこでセレナは困ったように身体を硬くする。

いったい何がいけないのだろうかと思った直後、セレナは意を決したように、何かをジーノの身体にかけた。

「と、とにかくその、ちょっと落ち着きましょう。それから、できたらそろそろ服を着ませんか？」

言われて、ジーノはそこで彼女が自分に毛布をかけたのだと気づく。

「そういえば、全裸だったのを忘れていた」

「わ、忘れないでください！　先ほども、裸で飛び出して行ったからすごく驚いてしまいました」

その上服も纏わず、ヴァイオリンだけを手に戻ってくるので更に驚いてしまったのだとセレナは告げる。

（そうか、戸惑いが大きかったのは俺が全裸だったからか）

全裸でヴァイオリンやピアノを弾くのはわりとよくあることだが、どうやらセレナはそれに恥じらいを感じてしまうらしい。

（今後、彼女の前で楽器を演奏するときは、ちゃんと服を着ておこう）

恥じらう彼女はかわいらしいが、それでは曲への感動も薄れてしまうだろう。

「では服を着て、残りの曲も聴かせてやる」

「えっ、他にもあるのですか？」

「あと五十三曲だ。さすがに一日で全ては聴かせられないし、その間ずっと裸だとお前も集中できないだろう？」

だからまずは着替えようと微笑むと、セレナがかわいらしく頷く気配を感じた。

第七章

鍵盤の上に指を置き、ジーノはボンヤリと虚空を見上げた。

いつもなら浮かんでくる旋律が、今日は指に伝わってこない。

だが不調というわけでもなく、むしろ彼の心は甘く跳ねていた。

（今頃、セレナは何をしているだろうか……）

最近はこうして、彼女のことを考える時間が更に増えていた。

そうなったきっかけは、セレナの声が前と少し変わってきた所為だろう。

彼女に自分の過去を話して曲を贈ったあの日以来、「ジーノ様」と呼ぶ声に硬さがなくなり、前より呼んでくれる回数も増えた。

子守歌を歌ってほしいという願いはまだ叶っていないが、それでも毎日曲を贈り続けているうちに、二人の関係はずいぶん進展した気がする。

それを嬉しいと思う気持ちが強すぎたのか、このところは旋律よりもセレナのことばかり考えてしまうのだ。

そろそろ納期の迫っている曲があった気がするが、指が動く兆しはなく、ジーノの心は既に諦めに傾いている。

（うん、今日はやめておこう。代わりに、彼女への曲を弾こう）

まだ奏でていない曲はたくさんあるし、今は作曲よりそちらの方が大事なように思えた。

もう一度セレナのもとに行こうと腰を上げかけたジーノだったが、部屋の扉が開いた音で、彼の動作はぎこちなく止まる。

「あ、今サボろうとしてたでしょ！」

怒気を含んだその声はミケーレのもので、ジーノはついチッと舌打ちをしてしまった。

セレナとの逢瀬《おうせ》を邪魔されるとわかりきっていたからである。

「今日は気分が乗らないから、仕事はしないつもりだったんだ」

「でもそろそろ仕上げないと間に合わないよ？　ただでさえ、今まで絶不調だったんだから」

言われて、ジーノは仕上がっていない曲の大半がミケーレに頼まれたものであることを思い出す。

おそらく彼はそれを見かね、こうして出向いてきたのだろう。

「だが、いくつか曲は書いただろう」

「暗い曲ばっかり二十曲もいらないよ！　そもそも、次の作品は甘い恋の話だって言ったじゃない」

ミケーレがこちらに近づいてくるのを感じながら、ジーノは今更のように彼からの注文を思い出した。

近頃ジーノは、ミケーレが原作と演出を手がける歌劇の曲を書くことが多い。普段なら物語の雑な筋書きを聞いただけで自然と作品に合った曲が浮かんでくるのに、ここ数日はセレナと喧嘩《けんか》して落ち込んでいたため、求められているのとは真逆の曲ばかり書いてしまっていたのだ。

「もう落ち込んではいないし、やる気が出ればすぐ書けると思う」

「ということは、セレナさんとは仲直りできたんだ」

「お前に色々言ってもらってよかったかもしれんな。ありがとう」

自然と礼の言葉がこぼれた直後、何故かミケーレが息を呑む気配がする。

その上彼の動きは急にぎこちなくなり、恐る恐るといった足取りでジーノの横に立ったのがわかった。

「ジーノ、頭でも打った？」

「何故そんなことを聞く」

「だって、ジーノが僕に『ありがとう』なんて言ったの初めてだし」

「そうだったか？」

わりといつも感謝している気がしていたので、ジーノは首をひねる。

ミケーレとはずいぶんと年が離れているが、ジーノは彼のことを唯一の親友だと思っていた。

声や音楽に集中すると周りが見えなくなる性格と、師匠に似てしまった高圧的な態度ゆえに変人やら変態やらと言われがちなジーノを「面白い」と認めてくれるのは彼だけだからだ。

「口に出していなかったなら、すまない」

「ジ、ジーノが謝った」

「俺は謝罪もしたことがなかったのか？」

「いや、今までのジーノって自分の非を認めないというか、自分に非があることに気づきもしない人間って感じだったから」

「そんなことはないと思うが……」

言いつつも、確かに謝罪や礼を言うような状況にあまり覚えがない。

小さい頃はあった気もするが、年を重ねるうちに、そういう状況を避けていた気もする。

借りを作れば、それを利用して仕事を頼もうとしてくる輩はたくさんいるし、それが女性であれば特別な関係を望まれることも多い。

　逆に貸しを作れば、身勝手な親切を押しつけられるのが煩わしくて、淡泊な人間関係を築きがちだったのだ。

　唯一、ミケーレだけはそういう人間ではないと思っていたし、彼とは仲良く接していたつもりだが、一般的な仲良くの範疇《はんちゅう》ではなかったらしい。

「でもちょっと安心した。ジーノも人間なんだね」

「当たり前だろう」

　いったい自分を何だと思っていたのかと問い質したいが、やけにしみじみと「安心した」とミケーレがこぼすものだから、言葉が出てこない。

「きっとこれも、セレナさんのおかげだ。だからジーノは、彼女をここに連れてきた僕に感謝すべきだよね」

「何故そうなる。それに俺は俺のままだし、感謝する理由はない」

「でもセレナさんが来てから毎日充実してるでしょう？　見るからに幸せそうだもん」

「それは否定しないが」

　改めて礼を言えと言われると、複雑な気分だった。

「礼なら、仕事で返す」

「でも、今日は気が進まないんでしょう？」

確かに気を抜くとセレナの声が浮かんで仕事にならない。それでもがんばってみようとピアノに向き合ったとき、ミケーレが身を乗り出す気配がした。

彼は、ジーノの顔の前で、何か紙のようなものをひらひらと振っているようだ。

「いっそのこと、三人で出かけるって手もあるよ?」

「出かける?」

「ジーノと、僕と、セレナさんで」

普段は背伸びをしているくせに、そう言うミケーレの声はやけに子どもっぽい。

「最近外に出てないんでしょ? せっかくだから出かけようよ? ねっ?」

「行ってもいいが、何故セレナを連れて行く」

「むしろ、なんで連れて行かないのさ。デートできるんだよ!」

「デートというのは、男女が二人でするものだろう」

「でもジーノってデート下手そうだからさ、手伝いがいるかなって」

「女性と出かけた経験くらいある」

「でもその人のこと、好きじゃなかったでしょ?」

確かに、自発的に女性と二人で出かけた経験はない。

「ジーノのことだから、うまい誘い文句も思いつかないんじゃない?」

「確かに、まったくわからん」

経験がない上に、少し前に「屋敷から出るな」とセレナを叱ってしまったことを思うと、どんな言葉で彼女を誘えばいいかわからないのは事実だ。

「わかったミケーレ。同行してくれ」

「そうこなくっちゃ！」

子どものようにはしゃぐミケーレの声に苦笑しながら、ジーノは初めてのデートに思いを巡らせた。

＊＊＊

（これで、おかしくないかしら……）

鏡の前で何度も髪やドレスの裾を直しながら、セレナがいつになく落ち着かない気持ちでいたのは、今夜初めてジーノと屋敷の外に出かけるからだ。

「この前の償いがしたい」

そう言って突然傅《かしず》かれ、彼がセレナを歌劇に誘ってきたのは昨日のことだった。

いつになく紳士的な誘い文句にも驚いたけれど、彼と出かけられるなんて思ってもみなかったセレナは、もちろん行きたいと快諾した。

だがいざ当日になってみると、だんだん緊張してきてしまう。

そもそもセレナは歌劇を客席側から見たことがないし、男性と出かけるのだって初めてだ。

ミケーレも来るそうだから二人きりではないけれど、それでもジーノの婚約者として彼の側に立つのだと思うと、持ち前の自信のなさが胃をきりきりと締め上げる。

「セレナ様は元々お綺麗だけど、とびきりおめかししちゃいましょうねぇ」

そう言って笑うオルガが持ってきてくれたドレスは、肩口が大胆に開いたものだった。

ドレス自体にはさほど装飾はなく、生地自体に光沢があるくらいでそれほど派手には感じないが、胸元が大きく開いていて、いざ纏ってみると自分には大胆すぎる気がしてしまう。

その上いつもは下ろしている髪を結い上げているため、首元も露になっている。

ケープは羽織るが、それでも少し開きすぎではないかとハラハラしていると、勢いよく部屋の扉が開かれる。

「そろそろ行けるか？」

部屋に入ってきたのがジーノだとわかり、セレナは慌てて振り返る。

そこで思わず目を瞠った。

自分と同様に正装をしたジーノは、家にいるときとはまるで別人だった。

普段はぼさぼさで寝癖まみれの髪は綺麗に整えられ、仕立てのいいスーツを身に纏って

いる。

手にした杖も外行き用の洒落た一品で、ジーノの容姿にとても似合っていた。

「あ、あの、素敵です」

思わずセレナが告げると、ジーノはどこか困ったような笑みを作る。

「褒め言葉は俺が言うはずだったのに、先を越されたな」

それから彼は、「触れてもいいか?」と確認をしながら、セレナに近づいていく。

セレナが許可すると、彼は髪形やドレスを崩さないよう優しくセレナに触れ始めた。

「うむ、このドレスはやはりいいな。お前は首筋と肩のラインが美しいから、こういうデザインが似合うと思っていたのだ」

「あ、ありがとうございます」

「だが他の男に見せるのは惜しいな。上に羽織るケープは、席につくまで脱ぐなよ?」

「は、はい……」

そう言いながら、艶めかしい手つきで鎖骨を撫でられ、セレナの声は震えてしまう。

それに満足げに笑うと、ジーノはいつもの彼らしいニヤニヤ顔で天を仰いだ。

「ああ、今の声はなかなか腰に来るな! だが、お前と抱き合うのは帰ってきてからにしよう。もうすぐミケーレが馬車で迎えに来る」

ジーノは少し残念そうだが、セレナはむしろほっとする。

ただでさえ初めてのデートで緊張しているのに、その上彼に触れられたら、とても冷静ではいられない気がする。

「あまりセレナ様を困らせるんじゃないよ」

「困らせるのではなく、喜ばせたいんだ」

そうやって開きなおるジーノに呆れながら、オルガはセレナの肩にそっとケープをかける。

「こんなだけど、きっとミケーレ様が手綱《たづな》を引いてくれると思うから、安心しなさいな」

オルガの言葉に小さく頷いてから、セレナは差し出されたジーノの手をそっと掴んだ。


迎えに来たミケーレと合流し、三人が向かったのはフィレーザ最古の劇場の一つ『サン＝フランチェスカ劇場』だった。

客席の数は街にある劇場の中では三番目に多いが、上演される劇は人気の作品ばかりのため、この劇場のチケットは最も取るのが難しいとされている。

また、劇場自体の歴史も古いことからフィレーザでは一番格式が高いとされ、チケットの値段も高額だ。

そのため客の多くは貴族たちで、彼らのお眼鏡にかなえばフィレーザ以外での興業も可能になり、演出家や役者などにパトロンがつくことも多いため、ここで公演を行うことは歌劇に携わる人々の夢であり目標なのである。

またセレナの母はその舞台に史上最年少で立ったことから、フィレーザ一の歌姫と呼ばれるようになり、妹もそれを目指して日々稽古に励んでいた。

一方で、何の才能もなく、二人に疎まれてきたセレナは、サン＝フランチェスカ劇場には足を踏み入れたことがない。

他の劇場へなら小間使いとして連れてこられることが多かったが、「お前のような卑しい娘が訪れる場所ではない」と、ここにだけは連れてきてもらえなかったのだ。

（でも、確かに私じゃ場違いすぎるかもしれない）

そびえ立つ白亜の劇場は、外観からして荘厳だ。

今は誂《あつら》えてもらったドレスと、隣にいるジーノのおかげで何とか立っていられるけれど、以前の自分ならすぐにこの場から逃げ出してしまっていただろう。

「ここに来るのは初めてのようだな」

劇場をぽかんと見上げていたセレナに気づいたのか、ジーノがふっと笑みを作る。

「はい、こんなに立派だとは思いませんでした。でもあの、ちゃんと調べてはきましたので……」

「調べる？」

「劇場でのマナーとか、ジーノ様のお役に立ちそうなこととか」

その言葉に首を傾げるジーノに、セレナは彼の足下を見つめる。

「オルガさんに、劇場のことを教えていただいたんです。少しでも目の代わりになれるように、色々覚えようと思って」

劇場へと続く階段の数や、今日座る予定のボックス席の位置。そこに至るまでの道筋や、ジーノの歩幅だと大体何歩でそこにたどり着けるかなど、以前彼に同行していたオルガがメモしていたことを、セレナは口にする。

するとジーノだけでなく、側にいたミケーレも目を見張った。

「すごいね、全部覚えたんだ」

「ここ以外の劇場も、大体覚えました」

「あ、じゃあシャルロット劇場の右側階段の段数は？」

「三十二です。ただあそこは一段一段が少し低いのと、左側は少し幅が狭いので、右側の広いところを歩いた方が楽だとオルガさんが」

セレナが答えると、ミケーレは更に驚いた顔をする。だが彼自身は段数を記憶していなかったのか、「そうなの？」とジーノの袖を引いていた。

「当たりだが、まさかオルガに無理やり仕込まれたのか？」

「いいえ、私がオルガさんに頼んだのです。それに私、記憶力だけはいいので」

前の家では、言いつけを忘れるとそのたびに折檻《せっかん》されていた。それに、二人の一日のスケジュールを覚えさせられることも多かったので、自然と記憶力だけは培われたのだ。

「だからもし、ジーノ様がお出かけになりたいと思ったときは、私をお呼びくださいませ」

そう言って微笑むと、ジーノは突然、人目があるにもかかわらずセレナの唇をなぞり、キスをしてきた。

突然のことにセレナは固まり、ミケーレは茶化すように口笛を吹いたが、ジーノはずいぶん長いことセレナの唇から離れなかった。

「ありがとう。それじゃあ、席までの案内はセレナに任せよう」

ようやく唇が離れると、ジーノは嬉しそうな声でそう告げる。

「が、がんばります」

キスのせいで声はうわずってしまったけれど、覚えたての劇場の情報はなんとか消えずにすんで、セレナはひとまずほっとした。

＊＊＊

拍手の音と喧噪《けんそう》が消え、劇場はしばしの間静寂に包まれる。

普段なら、ジーノは楽団が奏でる最初の音に集中するところだけれど、今日の彼が耳で追うのは隣に座るセレナの息づかいだった。

華やかなファンファーレと共に、登場人物の一人が歌で語るモノローグが始まると、少し緊張ぎみだった息づかいが柔らかくなる。

ミケーレが得意とするウィットに富んだ歌詞にかわいらしく笑いながら、場面の展開に合わせてこぼす吐息に、ジーノはだらしなく頬を緩めていた。

いつもなら真面目な顔を崩さないところだけれど、今セレナたちと座っているボックス席はミケーレが年間を通して押さえている席なので人目を気にする必要はない。

だから今日は、心置きなくセレナの気配に集中しようとジーノは決める。

そうして彼女の気配ばかりを追っていると、不意にセレナがはっとした様子で息を呑んだ。

悲しいシーンでもないのにどうしたのだろうと不安になり、そっと肘掛けに置かれた手を握ると、彼女の身体はビクリと跳ねた。

「どうした?」

耳元でそっと尋ねると、戸惑いながらもセレナはジーノの手を握り返してきた。

少し震えている気がするが、いくら目をこらしても彼女の表情はわからない。

「何でもありません、ただ、楽しくて」

返された声は震えているのに、その理由がわからず不安になる。

だがいくら問い詰めてもセレナは答える気配がない。

（こういうとき、彼女の瞳を見ることができたら……）

そうすれば、もっと彼女の気持ちを理解できるだろうにと、ジーノは悔やむ。

気配を察することに長けたジーノでも、セレナの考えていること全てを知ることはできない。

不安や悲しみをそれとなく察することはできても、僅かな呼吸の乱れだけでは、セレナが何を思っているかはわからないのだ。

それがこんなにも歯がゆいものなのだと、ジーノは今更のように思い知る。

今までなら他人の気持ちなどどうでもよかったし、知りたいとも思わなかったけれど、それがセレナであるなら別だ。

（……やはり、治すことができるなら、この目を治したい）

治らなくてもいいと思っていたが、近頃は見えないことが物足りなくて仕方がない。

こうした彼女の様子がおかしいときはもちろん、日常の中でも、セレナの顔が見られたらと近頃はよく思う。

先ほどだって、ジーノのために劇場のことを覚えてきたと言うセレナにすぐキスをしたかったのに、ジーノはまず彼女の唇の位置を探すことから始めなければならず、それがひどく歯がゆかった。

セレナに腕を引かれて歩くのは幸せだったけれど、かわいらしい声で階段の段数を教えてくれる彼女がどんな顔をしているのだろうかと、それぼかり考えてしまっていた。

(セレナの全てを、俺は知りたい)

日増しに強くなっていたその欲求を、ジーノはもう抑えていられそうになかった。

『お前の全てを、俺に捧げてほしい』

そんなとき、舞台上の男が、甘い声で優しく歌い出す。

その曲は、第一幕の佳境でかかる恋の歌だ。

ミケーレから『きゅんとして、恋の甘酸っぱさ五割増しな感じで』なんて雑な指示をもらって書いた曲である。

そのときはまだ、恋などまったくわからないものだったし、『甘酸っぱさとはイチゴ的な感じでいいのか？』なんて馬鹿な質問すらしていたものだ。

ただそれでも曲が作れたのは、幼い頃からこの世にある『恋』の曲を聴き、それを聴いた聴衆がどういう反応をするか自然と把握していたからだ。

そのおかげで、どんな旋律が聴き手の心を揺さぶるのかを、ジーノは感覚的に摑んでいた。

だから意識しなくても、今までの経験と知識を用いればすんなり曲はできたし、ミケーレも完璧だと褒めてくれた。

だが改めて曲を聴き、それに涙している聴衆の反応を感じていると、作っている本人が一番曲の意味を理解していなかったのだと思えてくる。

(本当に、俺は何もわかっていなかったんだな)

そう自覚すると共に、ジーノは本当に今更だが気がついた。

(そうか、俺は今、セレナに恋をしているのか)

あまりに遅すぎる自覚に自分でも呆れるが、恋愛に興味がなかったのだから仕方がない。

最初は、彼女を常に側に置き、声を聞き、触れられればそれでいいとだけ考えていた。

しかし共に過ごすうちに、ただ側にいるだけでは物足りなくなっていたし、家族の話を聞いたあとは特に、今まで苦労した分幸せになってほしいと思った。

そして今は、ただ幸せになるのではなく、自分が幸せにしたいとジーノは望んでいる。

泣いているなら、それを慰めるのは自分でありたいし、望むものがあるなら、それを与えるのは自分でありたいのだ。

「セレナ」

溢れ出た愛おしさが堪えきれなくて、ジーノは気持ちを言葉にしようと、セレナの耳元に唇を近づけた。

だが愛していると言葉にしかけた瞬間、反対側に座っていたミケーレがジーノの腕を引いた。

「いちゃいちゃは、帰ってからやってよ。ただでさえジーノは目立つんだから」

ミケーレの指摘にふと辺りを窺うと、ジーノはいくつかの視線を感じた。

「オペラグラスでこっちを見てる人、結構いるからね」

「何故舞台を観ない」

「久々に出てきたジーノが珍しいいんだよ。その上、その隣にはかわいいセレナさんがいるし」

「……男も見ているのか？」

「えっ、気づいてなかったの？　ここに来るまで、すごく注目されてたよ」

エスコートに浮かれすぎて、他人の視線にすら気づいていなかったらしい。

それが悔しくて、ジーノはきつく拳を握る。

「あとで誰が見ていたか教えろ。殴りに行く」

「そんなことしたら、新聞記者が大喜びだよ」

自分が関係した舞台で乱闘騒ぎなんて恥ずかしいよと言うミケーレのためにひとまず怒気は治めたが、ジーノの心にはもやもやとしたものが残る。

（この気持ちも、恋心からくるものなのだろうな……。ミケーレにさえ腹が立つが、知らない男だと本気で殺したくなる）

舞台の上では恋人たちが愛の言葉を甘く歌い合っていたが、現実はそんなに楽しいものではないなと、恋を自覚したジーノはしみじみと思った。

＊＊＊

「幕間は、絶対にここから出るなよ？」

やけに念を押すジーノに、セレナは躊躇いながらも頷いた。彼とミケーレに挨拶をしたいと申し出るたくさんの客たちが、ボックス席の前に集まり出していたのだ。

今日の舞台は内容も曲も素晴らしく、その感想を伝えたいと願う者も多かったのだろう。その全てをボックスの中に入れるわけもいかず、二人はロビーに下りることになったが、ジーノは何故か、そこにセレナを連れて行こうとはしなかった。

エスコートをすると言ったのに「ミケーレがいるからいい」と素っ気なくあしらわれてしまったのだ。

（やっぱり、私じゃ力不足だったのかしら）

席に着いたときは、「完璧なエスコートだった」と言ってくれたけれど、本当は腕を引かれるのが嫌だったのかもしれない。

（それに、そもそも私じゃ場違いすぎたのかも）

劇場を歩くジーノの姿は堂々としていて、彼に目を留める女性は数え切れないほどだった。

中には声をかけてこようとする人もいて、ミケーレがさりげなく遠ざけてくれなければ、開演までに席に着くことさえできなかっただろう。

ジーノに視線を送ってくる女性たちは皆美しく飾り立てており、同性であるセレナでさえ見惚れてしまうほどだった。

それに比べれば自分は痩せっぽちだし、露出の多い服を着て映えるような大きな胸ではない。

しっかりと食事をとり、日々ジーノに触れられているおかげで最初の頃よりは大きくなったけれど、それも全て彼のおかげであって、自分の努力で得たものではない。

けれど彼に声をかけようとしてくる女性たちは、きっと自分の美しさを磨くために努力を積み重ねてきたのだろう。だからこそ、その顔には自信が溢れ、より輝いて見えるのだ。

(それに比べて、私は……)

婚約者になると決めたとき、それに恥じぬよう努力しようと思っていたけれど、いざ表舞台に出ると、どうしても他人と自分を比べてしまい、まだ足がすくんでしまう。

だから楽しいはずの観劇中も、ふと我に返って泣きそうになってしまったのだ。

いったい自分は、いつまで彼の側にいられるのだろうかと。

それをジーノに気づかれそうになったときは慌てたが、ミケーレと何か話し始めてくれたおかげで、涙がこぼれた顔は気づかれずにすんだ。

そこからは何とか気持ちを立て直したけれど、やはり一人になると不安はつきまとう。

（でも、きっとジーノ様たちはすぐ帰ってくる。そのときまでに、気持ちを立て直さなくちゃ）

大きく息を吐き、セレナはそっと目を閉じる。

だがそのとき、ボックス席の入り口にひと気を感じた。

「あら、もしかして置いて行かれたの？」

慌てて立ち上がった直後に響いた声は、ジーノのものではなかった。

けれどそれは、セレナにとって彼の声以上に馴染みがあるものだった。

「もしかして、無視するつもり？」

ただでさえ不安に押しつぶされそうなのに、何故今なのかと恨めしく思う反面、今だからこそ彼女は現れたのかもしれないとも思う。

昔から、この冷たい声はセレナの不安や痛みを敏感に感じ取り、なぶるように痛めつけてくるのだ。

「リーナ……」

「ひさしぶりね、セレナお姉ちゃん」

振り返ると、そこにいたのは妖艶な微笑を湛えたセレナの妹リーナだった。

母に似た美しい顔立ちに似合いの真っ赤なドレスを身に纏ったリーナは、我が物顔でボックスの中へと入ってくると、セレナの装いを一瞥する。

「お姉ちゃんがジーノ様と婚約したって噂は聞いてたけど、まさか本当だとは思わなかったわ」

そう告げる声には、驚きとほんの少しの侮蔑が含まれていたが、セレナはただ立ち尽くすだけで、何も答えることができない。

昔から、セレナは母やリーナを前にすると、言いたいことが何一つ言えなかった。

声を聞くだけで虫唾《むしず》が走ると言われ、頬を叩かれた記憶が彼女の喉を塞ぐのだ。

「でも連絡くらいくれてもよかったんじゃない？　これでも私、心配したのよ？」

リーナの声はいつになく穏やかだった。

先ほどはどこかバカにしたような言い方だったけれど、セレナに向ける眼差しも昔と比べるとだいぶ柔らかいような気がする。

（もしかしたら、本当に心配してくれていたのかしら？）

僅かな期待が膨らみ、そこでようやくつかえていた喉が楽になる。

「ごめんなさい。色々と急だったから」

「そうなの？　てっきり、ジーノ様を私に取られるのが嫌で隠していたのかと思ったわ」

浮かべた笑顔は穏やかなままなのに、その言葉には僅かな棘が混じっている。

「婚約って言っても、どうせ目の見えない彼をたぶらかしただけなんでしょう？」

「そ、そんなことしていないわ」

慌てて首を振るが、リーナが納得した様子はない。

「どんな手を使ったのかは知らないけど、あんなに素敵な人がお姉ちゃんと結婚しようだなんて思うはずないもの」

それまで穏やかだった表情に、悪意と嫉妬が混ざり始める。

（ああそうだ、リーナが私を心配してくれるわけがない……）

彼女はきっと、自分に釘を刺すためにここにやってきたのだ。

「馬鹿なお姉ちゃんは知らないかもしれないけど、ジーノ様は天才的な作曲家なの。つまり、お姉ちゃんみたいな愚図《ぐず》な人にはふさわしくないわけ」

「確かに、彼と釣り合わないのはわかっているけど……」

「自覚してるのに、それでも側に居座ってるの？　それって、ちょっと図々しすぎない？」

リーナの言い方は辛辣《しんらつ》だが、それはセレナも心のどこかで思っていたことだ。

そしてそれが顔に出ていたのか、リーナは勝ち誇った様子で身を乗り出し、微笑んだ。

「自覚があるなら、身を引いた方がいいんじゃない？」

「でも……」

「それか、私に譲ってくれないかしら？　そうよ、それがいいわ！」

あまりに予想外の言葉にセレナは唖然とするが、リーナはちっともおかしなことだと思っていないらしい。

驚くセレナの方がおかしいとでも言うように、かわいらしく首まで傾げている。

「リーナはジーノ様とお知り合いなの？」

「面識はないけど、ジーノ様には憧れていたの。前に一度だけ夜会でお見かけしてね、いいなって思っていたのよ」

「だからって……」

「お姉ちゃんに比べたら、私の方がずっと彼にふさわしいじゃない。来月にはこの劇場の舞台にも立つし、夏の音楽祭では賞をもらえる予定もあるのよ？」

誇らしげに言う彼女の実力は、セレナ自身も理解している。

リーナには美しい声と才能がある。それは紛れもない事実だ。

「気鋭の歌姫と天才音楽家の結婚なんて、世間でも噂になるわ。それにね、私ならジーノ様が作った曲を歌うことができるし、そうすればきっと評判になって、彼の名声も更に上がると思うの」

畳みかけるように告げられる言葉の内容は、もし実現すればジーノにとっても素晴らしいことのように思えた。

耳がいいジーノのことだから、リーナの声を聞けば気に入るかもしれないとも思う。

(だけど、私……)

たとえそうであったとしても、セレナは素直に身を引くことはできない。

自分に代わる誰かが現れたら彼のもとを去ろうとは思っていたけれど、それはジーノにとって本当の意味でふさわしい人ができた場合だ。

だがリーナは、ジーノに名声や話題は与えられても、彼を幸せにできるほどの愛情を与えることはない気がした。

リーナが気分だけで恋人を変えるのを何度も見てきたし、彼女のわがままに傷ついた男性をセレナはたくさん知っている。

現れて早々に、ジーノを自分によこせと言い出したのもその証拠だ。彼女はいつも気まぐれで、自分勝手で、今回だってきっとセレナが相手だからよけいにジーノが欲しくなったのだろう。

リーナは昔からセレナが何かを持っていると、自分のものにしたくなるのだ。

「……ごめんなさい」

考えれば考えるほど、リーナにはジーノに近づいてほしくないとセレナは思う。

だから、震える声を絞り出し、セレナは勇気を振り絞ってリーナを見つめた。

「ふさわしくないのはわかってるけど、リーナにジーノ様は渡せない」

「……は？」

信じられないという顔で、リーナはセレナを見つめてきた。

だがそれも無理はない。セレナがリーナに反抗したことはこれまで一度もなかったのだ。

「私、ジーノ様には幸せになってほしいの」

「何よそれ、私じゃ彼を幸せにできないってそう思うの？」

「だってリーナは、心の底から誰かを愛したことがあるの？」

セレナの質問に、リーナの頬が真っ赤に染まる。

「そういうお姉ちゃんは、ジーノ様を幸せにできるわけ？」

「それはわからないし、私より良い人がいるかもしれないと思うこともあるわ」

「ほら見なさいよ」

「でも、それがあなただとは思えないの。だからジーノ様の運命の人がどこかにいるなら、私はなおさら婚約者であることをやめたくない」

リーナの勝手な性格に振り回されてジーノが傷つくところなんて見たくない。それにもし、そのせいでジーノが今度こそ恋や異性に絶望してしまったら、本当の幸せを摑む機会すら失ってしまうかもしれないのだ。

「お願い、諦めて」

「そんなの、お姉ちゃんが決めることじゃない」

「図々しいのはわかってる。でもどうしても、リーナがジーノ様を傷つけるのは嫌なの」

次の瞬間、突然視界が歪み、頬に熱が走る。

続いてやってきた痛みで、セレナは頬を叩かれたのだと気づいたが、昔と違って頭は冷静だ。

「私を殴って気がすむなら、好きなだけそうしたらいいわ」

「っ……！」

続けざまにもう二回頬を叩かれ、髪を強く引っ張られる。

せっかくオルガに整えてもらったのにと悲しくなったが、かつてリーナの暴力に泣いていた頃とは違い、彼女の仕打ちへの恐怖はなかった。

むしろ、こんな人目につく場所でさえ、自分の怒りを抑えられず、暴力を振るうことでしか気持ちを表せない彼女を、セレナは哀れに思う。

（もしかしたらそれは、私が堪えるばかりだったせいかもしれない……）

殴れば何でも解決すると思い込んでいるのは、きっとセレナが従順すぎたからだろう。だとしたら、彼女を壊してしまったのは自分に違いなく、今更のように罪の意識がこみ上げる。

「……ごめんね」

思わずこぼれた言葉に、リーナははっとして腕を止めた。

その直後、ボックス席に駆け込んできたのはジーノだった。

「っ、貴様は誰だ！」

ジーノの怒声に、リーナは青ざめた顔でその場から逃げ出した。

それに少しほっとしながら頬を擦っていると、ジーノが椅子に足を引っかけながらも、セレナに駆け寄り、彼女の身体を抱きしめ支えてくれる。

「今の奴に何をされた？」

「大丈夫です。ただ、急に人が来たから驚いて転んでしまって」

「そんな音ではなかっただろう」

それに髪も乱れているようだと心配そうに頭を撫でるジーノになんと言うべきか悩んでいると、遅れてボックス席に戻ってきたミケーレが忌々しげな顔をした。

「今、そこでリーナとすれ違ったけど……」

セレナの乱れた髪を見て、ミケーレは全てを察したのだろう。

大きく息をつくと、セレナの頬を見て痛々しそうに目を細める。

「ちょっと早いけど、出ようか。顔も冷やさないと」

「まさか、叩かれたのか!?」

これ以上ジーノを心配させたくなかったセレナは、慌てて首を横に振る。

しかし恐る恐る頬に触れられた瞬間、口からは苦悶の声がこぼれてしまった。

「……あの女、許さない」

その声はぞっとするほど冷たくて、セレナは思わず息を呑む。

それから彼女は怒りに震えるジーノの手を掴むと、「怒らないでください」と訴えた。

「ぶたれるのは慣れています。それにリーナも、急なことで戸惑ったんだと思います」

「どんな理由があろうと、お前を叩いていいはずがない」

「ですがそういうふうにしてしまったのは、きっと私なんです。私がずっと無抵抗でいたから、リーナにとっては手を上げるのが普通になってしまったんです」

咎められるべきは自分だと訴えれば、そこでようやくジーノは大きく息を吐き、ぎゅっとセレナを抱きしめた。

「……お前が望むなら、そうしよう」

「ありがとうございます」

「ともかく帰ろう。続きはまた今度連れてきてやる」

そう言って優しく髪をとかしてくれるジーノに、セレナは泣きそうになりながら頷いた。

(また、ジーノ様とお出かけできるのね……)

ただそれだけのことで、頬を叩かれた痛みなど飛んでいってしまう気がした。

そのまま腕を引かれて外に出ると、もう既に上演を知らせる案内が流れていたのか、廊下には誰もいない。

そこをジーノと並んで歩きながら、セレナは今の姿を人に見られずにすんでほっとした。あらぬ噂を流され、ジーノに迷惑がかかったらとそればかりが心配だった。

（リーナとは今度ちゃんと話した方がいいかもしれない……。怒らせたままじゃ何をするかわからないし……）

きっとジーノは会うと言ったら怒るだろうけれど、それでもリーナのことは自分がどうにかしなければとセレナは強く思ったのだった。

第八章

「ジーノ様、もう大丈夫ですよ」

「いや、腫れたら大変だからまだこうしている」

「でも、ジーノ様の指先が冷えてしまいます」

セレナはそう言って、冷たい水で冷やしたタオルをジーノから取りあげようとする。

屋敷に帰ってくるなり、セレナはドレスを脱がされ身体中を確かめられた挙げ句、大した怪我もしていないのにベッドから出ることを禁じられてしまった。

その傍らにはジーノが寝転がり、リーナに叩かれた頬をずっと冷やしてくれている。

少し腫れてしまったけれど、今まで彼女に負わされた怪我を思えばささいなものだ。

「あとは自分でできます」

「いやだ、俺がやる」

意固地になるジーノはまるで子どものようで、セレナはつい笑ってしまう。

前々から妙に幼い発言はあったけれど、セレナに向ける拗ねた顔はまるで少年のようだ。それもだいぶ幼い少年だ。

「何故笑う」

「いえ、なんだかかわいらしくて」

「大人になった自分の顔は見たことがないが、かわいらしい造形ではないはずだが？」

「わかっています。ただ拗ねているのがかわいらしくて」

「そうさせたのはお前なのに、笑うなんてひどい奴だ」

そう言う顔すらかわいいと思ってしまったが、確かに彼の機嫌を損ねてしまったのは自分なので、セレナはがんばって笑いを堪える。

ジーノがセレナにくっついているのは、リーナとの出来事を咄嗟に隠してしまったからだろう。

ジーノを落ち着かせたくて、つい誤魔化してしまったが、ジーノはそれをよく思わなかったらしい。

「さっきはごめんなさい。本当に、心配させたくなかったんです」

それだけでなく、あのとき怒りを露にしたジーノは少し恐ろしくもあり、あれ以上怒らせてはいけない気がしたのだ。

（前に助けてもらったときもそうだけど、ジーノ様は怒らせると怖い方なのかも……）

表情と声は冷ややかだが、その裏では怒りの炎が確実に燻っていて、何かのきっかけがあれば爆発してしまいそうな、そんな気がしてならない。

だからこそ、セレナは彼を落ち着かせたくて、そのあとも大丈夫だと繰り返した。

そうしているうちに彼の怒りは冷めたようだが、その代わりに、彼はセレナの側から離れなくなってしまったのだ。

「あのときリーナを怒らせてしまったのは私なのです。だから責めるなら、私を責めてください」

そう言って、こちらを覗き込んでくるジーノの頬にそっと触れる。

そうすると彼は渋々といった表情で、セレナの唇に触れるだけのキスを落とした。

「お前がそう言うなら深くは追及しない」

「ありがとうございます」

「だが、詫びとしてまた俺と出かけろ」

それでは詫びにならないのではと思ったが、ジーノは譲る気がないようだった。

「お前と行ってみたい場所がいくつかある。だからまた、出かけたい」

「もちろんご一緒させてください。ジーノ様と一緒なら、どこへでも参ります」

完璧な彼の隣を歩くのは少し気後れもするけれど、一緒に出かけられるのは素直に嬉しい。

「ですが私でいいんですか？」

「当たり前だろう。外で聞くお前の声はいつもと違った響きがあって心地好かったし、少し緊張しながら歩く足音はなかなかかわいらしかった」

初めてのデートで声と足音を褒められ、セレナは少し照れくさくなる。

けれど音に敏感な彼が言うのだから、きっと不快ではなかったのだろう。

それにほっとしていると、ジーノは冷えた指先でセレナの頬をそっと撫でた。

「それに、お前とでないと行けない場所もあるしな」

「行けない場所、ですか？」

首を傾げると、ジーノは少し戸惑った様子で黙り込み、それから閉じていた瞼をゆっくりと開けた。

「今日、挨拶に来た知り合いの何人かから、この前紹介された薬売りの話をされてな。どうやら、そこの薬は確かに良いらしい」

「本当ですか？」

「実際、俺と同じ目の病気を、そこの薬で治した奴がいるそうだ」

「じゃあ、ジーノ様の目も治るかもしれないのですね」

「ああ。……だから今度話を聞きに行こうと思うんだが、そのときはお前にもついてきてほしい」

もちろんだと頷くと、ジーノは嬉しそうにセレナに頬を寄せた。

「それから……もし目が治ったら、この街を案内してくれるか？　俺は音でしか、街のことを知らないからな」

そう言って微笑む顔があまりに優しかったから、セレナの目から涙がこぼれてしまう。

それを察したジーノは慌てたが、セレナ自身まさか涙が出るとは思わなかったので驚いてしまう。

（嬉しいのに、胸が苦しいのは何故なんだろう……）

「もしかして、嫌だったのか？」

「違います。ご一緒したいです」

「では約束だぞ。お前のお気に入りの場所を、是非案内してくれ」

それからジーノは、この街にはどんなところがあるのかと尋ねてくる。

目で見て素晴らしい場所はどこだろうと考えて、ふと思い浮かんだのはこの屋敷から見下ろす街の景色だ。

「実を言うと、一つはすぐ側にあるんです」

「そこはどこだ？」

「それは、まだ秘密です……。でも目が治ったら、お教えしますね」

「期待している」

セレナでさえ息を呑んだほどだから、きっとジーノがこの窓から景色を見たら、驚き感動するだろう。

彼の目が治るのにどれくらいの月日がかかるかはわからないけれど、叶うことなら彼が初めて目にする光景を、セレナは隣で一緒に眺めたいと思うのだった。

＊＊＊

目が見えるようになったらどこへ行こうかと、二人で幸せな話をしていたその翌日――。

屋敷は、朝からちょっとした騒動になっていた。

「うぅ、うるさい……！　うるさすぎる！　誰か外の奴らを黙らせろ！」

そう言ってジーノがベッドの中で耳を覆っている理由は、屋敷に詰めかけた大勢の人々のせいだった。

「うるさいも何も、原因を作ったのはジーノだと思うけどね」

そう言って苦笑しているのは、この事態を察して朝早くからやってきていたミケーレだ。

「ジーノ様が原因って、何かされたのですか？」

戸惑いつつ、セレナがミケーレに事情を説明してほしいと頼むと、彼は苦笑まじりの表情で、ベッドの上で蓑虫《みのむし》になっているジーノをつついた。

「昨日の劇の幕間でいろんな人が挨拶に来たんだけどさ、ジーノったら、少しでも早くセレナさんのところに帰りたいからって、雑な返事しかしなかったんだよ。そのうち、人が切れないことに業を煮やして『用事があるなら明日、屋敷に来るがいい！』とか言っちゃうんだもん」

それが事実なら、確かに自業自得である。

ミケーレ曰く、昨日は彼と懇意になりたい貴族や仕事を頼みたい劇作家がたくさんいたらしい。

それ故、彼の言葉を真《ま》に受け、朝早くからこうして詰めかけてきたのだ。

「腹をくくって対応しなよ。自分で言っちゃったんだし、さすがにみんな怒るよ」

既に、入り口の方からは『彼と約束がある！』と叫ぶ声が聞こえてきている。

それはセレナでさえうるさいと思うくらいだから、耳のいいジーノには地獄だろう。

「だからって、朝からこんなに来るとは思わないだろう！」

「不躾で身勝手な奴ほど、少しでも早くジーノと約束を取り付けたいんだよ。ああいうのは、放っておくと面倒だよ」

「……くそっ、今日は薬を買いに行くはずだったのに」

悔しそうな声をこぼしながら蓑虫になっているジーノに、セレナは同情してしまう。

劇場街にいる噂の薬売りは行商人ゆえ、いつ店をたたんでしまわないとも限らない。だから今日にも店に足を運び、試しに薬を買ってみようと話していたのだが、この分ではジーノが応対しなければ客は引きそうにない。

「……あの、だったら……」

「却下だぞ。以前、お前が一人で出かけてひどい目に遭ったのを忘れたのか？」

「覚えています。でもあのときは道を外れてしまったのがそもそもの原因ですし、もしよろしければどなたかと一緒に行こうかと」

「あ、それなら僕が行くよ！」

「却下だ」

そこでようやくシーツから顔を出し、ジーノはミケーレの方を睨む。

「喧嘩の弱いお前を連れて行っても、役に立たないだろう！　オルガの方がまだマシだ！」

「なら僕とオルガさんと三人で行くよ。セレナさんを一人で行かせたこと、ずいぶん後悔してたみたいだしさ」

この前も長いことその話に付き合わされたのだというミケーレに、ジーノが少し迷った顔をする。

「しかし、ばあやは腰が……」

「もうかなり元気そうだったし、僕の馬車ならあまり揺れないから大丈夫だよ」

「だが、お前はいいのか？」

「こう見えて僕も、ジーノの目が治ればいいなってずっと思ってたんだ。だから手伝いくらいさせてよ」

告げるミケーレの声にはどこか必死な響きもあり、ジーノも最後は渋々といった様子で頷いた。

「そこまで言うなら任せる。ただし、何かあったらすぐに帰ってこい」

「僕たちより自分の心配しなよ。今日は適当なこと言わずに、話をちゃんと聞くんだよ」

「そんなこと、言われなくてもわかっている」

ムッとするジーノは子どものようで、窘めるミケーレはまるで親のようだ。

立場も年齢も逆になった二人の様子がおかしくて、セレナは思わず笑ってしまった。

＊＊＊

不満そうな顔で見送るジーノを置いて、屋敷の裏口から外に出たセレナたちはミケーレの馬車に乗り込み、劇場街へと向かった。

「それにしても傑作だったなぁ。セレナさんを見送るときのジーノの顔見た？　まるで今生の別れって感じだったよね」

大笑いするミケーレにセレナは困ったように笑い、オルガは疲れ果てた顔でため息をこぼした。

「セレナ様に縋り付いて離れない坊ちゃんを見ていると、ばあやは色々と心配だよ……」

「なんだかその、ごめんなさい……」

「謝る必要なんてないんだよ！　ダメダメなのは坊ちゃんの方だからね」

「むしろセレナさんは呆れたりしないの？　さっきも『店主が色目を使ってきたらすぐ帰ってこい』とか『男に声をかけられたら、あとで俺が殴りに行くから名前を控えておけ』だの、束縛もいいところだと思うけど」

「ただ単に、心配してくれているんだと思います。以前一度ご迷惑をおかけしてしまったから」

「それでも、あれはやり過ぎだと思うけどなぁ」

そう言いつつも、ミケーレは少し悩んだのち、じっとセレナを見つめる。

「まあ、それだけ愛されてるってことなんだろうけど」

軽い調子でミケーレは言うけれど、セレナの気持ちは少し沈む。

「愛とは、思えないのですが……」

「えっ、そこ暗くなるところ？」

セレナの視線が下がったことに気づいたのか、ミケーレが慌てた様子でセレナとオルガを交互に窺う。

「もしかして、ジーノとうまくいってないの？」

「いえ、ジーノ様にはとてもよくしていただいています。ただその……」

「もしや、ついに坊ちゃんに愛想がつきて……!?」

「ち、違います！　私は、ジーノ様をお慕いしております」

「じゃあ原因はジーノ？　あいつなんかしたの？」

両側から詰め寄られ、セレナに逃げ場はない。

誤魔化したい気持ちでいっぱいだったけれど、こうなってしまえば仕方ないと、セレナは躊躇いながらも口にする。

「ジーノ様の好意は、愛情とは別のものではないかという気がして」

「えええっ、どう見たって行きすぎた愛でしょうアレは！」

「傍から見ても、坊ちゃんの愛情は気持ち悪いくらいだよ!?」

「でも、愛してるとか……好きとか……言われたこともないですし」

声が好きだとか、咀嚼音が素晴らしいとかは言われたことがあるけれど、と続ければ、二人はしばしの間無言になってしまった。

「あの、何かおかしなことを言いましたか？」

「いや、ジーノがあまりに言葉足らずだから呆れちゃって」

「坊ちゃんのことは、ばあやがあとでいっぱい叱っておくよ」

オルガの言葉に賛同するように、ミケーレが頷いた。

「僕も、あとで殴っておいてあげる」

「えっ？　殴る？」

「うん。だからそのあとジーノに『私のこと好き？』って聞いてみなよ。そうしたら絶対、気持ち悪い反応が返ってくるはずだから」

気持ち悪い反応とは何だろうと思うし、聞いたら彼を困らせることになるのではとセレナは不安になる。

けれど「絶対だよ！」と念を押すミケーレの勢いには勝てず、最後は渋々ながら頷いた。

「でもそうか、セレナさんがジーノによそよそしいのはそういう理由だったのか」

「私、よそよそしかったですか？」

「ちょっとだけね。それにセレナさんって、儚すぎて急に消えちゃいそうな印象もあるし、ジーノもそれが心配でよけいに執着してたのかもね」

ミケーレの言葉を聞いていると、セレナの脳裏を不意にリーナの顔がよぎった。

彼女のセレナへの態度も、ある種の執着だったのではないかとふと思ったのだ。

「もしかして、私は人をだめにしてしまうところがあるのでしょうか」

口をついて出た言葉に、ミケーレはそんなわけがないと首を横に振った。

「だめになるのは、その人自身に要因があるからさ。セレナさんがきっかけだとしても、責任を感じる必要はないと思うよ」

「坊ちゃんも、セレナ様に出会う前から残念で気持ち悪いところはあったからね。セレナ様がいる今の方がずっと幸せそうに見えるよ」

両側から力説され、セレナの心は少しだけ軽くなる。

そんな会話をしているうちに馬車は緩やかに止まり、そこはもう見慣れた劇場街だった。

「それじゃあ、ジーノが痺れを切らす前に用事をすませてしまおうか」

そう言ってエスコートしてくれるミケーレたちと馬車を降りれば、あっけないほど簡単に、薬売りの店を見つけることができた。

店は裏通りにある閉店した小さな雑貨屋を間借りしたものだったが、大きな看板も出ているので表の通りからもよくわかった。

小さな木戸を開けて中に入れば、店内には他に五人ほど客がいて、店員たちは皆彼らの対応に追われているようだった。

「いらっしゃいませ、何をお探しですか?」

客が引くまで待とうかと相談していた矢先、店の奥から更に一人の男が現れる。

この辺りではあまり見ない顔立ちをした、でっぷりと太った初老の男だった。

平坦な面立ちと黒い髪から察するに、遠く東の国の出自なのだろう。

不思議な香りを纏った彼は商売人らしい愛想のいい笑顔を浮かべている。

馴染みのない薬品が並ぶ店内に少し臆していたセレナも、男の笑顔にほっとして笑みを返す。

「薬を探しに来たのです。お医者様のレイス様にご紹介をいただいて」

セレナが名刺を差し出すと、彼はまず側に立つミケーレを見つめた。

「もしかしてジーノ＝ヴィクトーリオ様……かと思いましたが、それにしてはお元気そうだ」

「いや、僕は彼の友人だ」

「それはそうですね。伺ったところによると目を患っていらっしゃるというお話でした」

自分の間違いに苦笑しながら、男は「ここは手狭なので」と店の奥にある小部屋に三人を招き入れた。

「初めてのお客様には、一度こちらでお話を伺っているんです。我々の薬は東方より持ち寄った珍しいもので、使い方も独特なものですから」

説明を聞きながら、三人は男に勧められるまま小部屋に置かれた応接用のソファに腰を下ろす。

そこで男は、自分はこの店の店長だと名乗り、不思議な香りのする花茶を入れてくれた。

「いい香りですね」

「東方から持ってきたものです。胃に優しいですよ」

どうぞ、と言って微笑む店主に、三人はお茶に口をつける。オルガはその味をたいそう気に入ったらしく、「身体が温まる」と喜んでいた。

「それで、何故ジーノのことを？」

そう尋ねたミケーレに、店主もお茶を片手に柔らかく微笑む。

「ここの町医者とは、古い馴染みなんです。それに、ジーノ様が盲目の天才作曲家であることは、私の祖国でも有名ですよ」

「それなら話が早い。僕たちは彼の目に効く薬を求めにきたんだ」

「もちろんございます。ただ少し値ははるものですが」

「金に糸目をつけるなと坊ちゃんからは言われておりますので、言い値で買わせていただきます」

身を乗り出しながら微笑むオルガに、店長は嬉しそうに手を打った。

「それはありがたい。ではすぐに用意させますので」

その間に点眼の方法をお教えしておきましょうと身を乗り出す店主に、セレナは聞き取りのためにと懐に忍ばせたメモ用紙を取り出そうとする。

だがそのとき、指先が僅かに痺れ、持っていたペンが手から滑り落ちた。

「私が」

そう言ってオルガが代わりに地面に手をのばしたが、床に転がったペンに指が届く前に、彼女は不自然に動きを止めた。

「オルガさん？」

まさかまた腰を痛めたのかと慌てたが、身体を折り曲げうなだれているのはオルガだけではなかった。

隣ではミケーレもまたぐったりとソファに座り込み、その瞳はきつく閉じられている。

「お嬢さんは、薬の効きが悪いようですね」

先ほどの穏やかなものとは違う忌々しそうな声にはっと顔を上げると、先ほどまでの優しい面立ちはそこになかった。

「彼女が面倒に思う気持ちもわかる」

別人のように冷酷な顔をした店主の瞳に、セレナは身の危険を感じて立ち上がろうとするが、身体には力が入らず、セレナの意識はそこで一度ブツリと途切れた。


「……いつまで寝てるのよ、この愚図！」

突然硬いもので頬を叩かれ、セレナの意識は無理やり浮上させられた。

目を開けると、そこは薬売りの小部屋ではなく、薄暗い寝室だった。

（ここは……）

見覚えはあるはずなのに、朦朧《もうろう》とする頭では今いる場所が思い出せず、セレナは困惑することしかできない。

わかるのは、自分は冷たい床の上に横たえられており、宝石のついた美しいブーツが肩を乱暴に蹴《け》っているということだけだ。

「早く起きなさいよ、そろそろ意識が戻ってるはずでしょう？」

聞き覚えのある声と痛みに身体を震わせながら、セレナは視線だけを上に向け、大きく息を呑んだ。

「どうして……」

「私に口答えしたからよ。反抗的なときは、いつもお仕置きをしていたでしょう？」

美しい笑顔を歪めてそこに立っていたのは、妹のリーナだった。

強く蹴り飛ばされたせいで更に二度ほど意識を失ったあと、セレナはようやく痛みと共に覚醒《かくせい》し始めた。

冷静になった頭で辺りを見て、セレナはようやく自分が寝かされた部屋がどこであるかを思い出す。

（ここは、お母様の部屋……？）

脱ぎ捨てられたドレスで散らかっているが、そこは紛れもなく母が使っていた寝室だった。

最後に見たときより壁を飾る絵画などの装飾品が増えているが、掃除を怠っているのか空気は少し埃っぽい。

「目が覚めたのなら立ちなさい。お姉ちゃんにはやってもらうことがあるんだから」

冷ややかな声に顔を上げれば、最後に意識を飛ばす前に見たのと同じ、リーナの笑顔がそこにある。

先ほどより幾分スッキリした顔をしているのは、セレナを散々痛めつけたあとだからだろう。

何度も蹴られた肩の痛みに呻きながらなんとか身体を起こしたとき、セレナは部屋にもう一人、見知った顔がいることに気づく。

「あなたは……」

リーナから一歩下がったところでこちらをじっと見つめていたのは、先ほど会ったばかりの薬屋の店主だった。

「この人は私のファンの一人なの。ありがとうイエン、もう下がっていいわ」

リーナの言葉にうっとりと頬を緩ませ、彼はリーナの頬にキスを落とす。

それから、小さな瓶をリーナに渡すと、一言も喋らぬまま部屋を出て行った。

「あなたたち、恋人同士なの？」

部屋で二人きりになったあと、セレナは思わず尋ねる。

だがイエンの浮かべていた甘い笑顔とは反対に、リーナの顔に貼りついているのは嫌悪だった。

「そう思わせてるだけよ。あんな醜い男、恋人にするわけないじゃない」

忌々しそうに言いながら、リーナはキスされた頬を乱暴に手で拭う。

「喉にいい薬をもらう縁で知り合ったの。それで、お姉ちゃんに復讐する方法も思いついたってわけ」

「復讐……？」

「結婚のことといい劇場でのことといい、私のことをバカにしたでしょう？　その上、図々しくもジーノ様の正妻気取りだし、お仕置きしなきゃと思ったの」

「だから、薬まで盛ったの？」

言いながら、セレナの背筋が凍る。今度こそはっきりと、店でのことを思い出したのだ。

「二人は無事なの？　乱暴などしていない？」

「無事だし、危害も加えていないわ。呼び出したかったのはお姉ちゃんだけだから、イエンにうまく口裏を合わせてもらうわ」

「でもいくら何でも強引すぎるわ」

「普通に会いに行っても門前払いされそうだったし、お仕置きするところはジーノ様には見せられないもの」

ジーノの名前を呼ぶときだけ甘くなる声に、セレナはリーナの気持ちがジーノに傾いているのだと察した。

「あなた、本気でジーノ様を自分のものにするつもりなの……？」

「ええ。彼ほど私にふさわしい人はいないでしょう？」

うっとりとした声で言って、リーナは目を細めた。

わかりきっていたけれど、リーナは別にジーノの人柄を好きになったわけではないのだ。

「噂では、ジーノ様は美しい声の人が好きなんでしょう？　だとしたらお姉ちゃんより美しい声を持っている私を好きにならないわけがないわ」

早口でまくし立てるリーナは、甘い恋に浮かれる幼い少女のようだ。

その様子はかわいらしくも見えるが、彼女の盲信はどこか恐ろしくもある。

昔から自分に自信のある子だったけれど、望めばどんなものでも自分のものにできると確信している様は、少し異常だ。

「冷静になってリーナ。こんな誘拐まがいのことまでして、ジーノ様の愛を得られるわけがないわ」

「お姉ちゃんのことなんて、どうせ気にもしてないわよ。クズで愚鈍《ぐどん》なお姉ちゃんのこと、あのジーノ様が本気で好きになったり心配したりするはずないもの」

「確かに、私には人より価値がないかもしれないけれど、それでもジーノ様は……」

「愛してくれているって、そう思ってるわけ？」

嘲笑と侮蔑を美しい顔に湛えながら、リーナはセレナのことを鼻で笑う。

ジーノが愛してくれているかどうかは、セレナにだってわからない。

だが彼は本当の家族以上によくしてくれたし、それは演技や偽りのものではなかった。

一方で肉親であるはずのリーナの中では、きっと今もセレナは永遠に価値がない醜い姉なのだろう。

セレナの言葉に取り合う様子はなく、向けられる視線も冷ややかなままだ。

「ともかく、ジーノ様は私がもらうの。そしてお姉ちゃんは、私のジーノ様を拐《たぶら》かした罰を受けてもらうわ」

「何をするつもりなの……」

「私の恋の手助けをしてもらうのよ」

そう言って、リーナは先ほど渡された小瓶をセレナに見せつけた。

「こっちの瓶は、お姉ちゃんたちが買いに来た目の薬よ。それも最後の一個」

「それは、ジーノ様に……」

「もちろん届けてあげるわ。恩を売れば、ジーノ様と仲良くなるのも楽だろうしね」

ただ……と、リーナはセレナに美しくも冷たい微笑みを向ける。

「ジーノ様の視界に、お姉ちゃんみたいな汚い女は入れたくないの。だから、お姉ちゃんは今すぐこの街を出てくれない？」

リーナの提案はあまりに唐突で、無情だった。

この街を出ても、セレナに行き場所などない。たぶんリーナもそれがわかっていて、それでもあえて提案したのだ。

「まさか、本気なの……？」

「出たくないならかまわないけど、その場合はジーノ様の薬を今すぐ捨てるから」

「そんなっ！」

「それにね、今この街でジーノ様の目を治す薬を作れるのはイエンだけなの。そして彼は私の言いなりだから、二度と目の薬を作らないでって言ったらどうすると思う……？」

あまりに卑怯なやり方に、セレナはかつてないほどの怒りを感じた。

どんな理不尽なことを言われても耐えてきたけれど、ジーノの未来まで踏みにじろうとするリーナを、セレナは初めて心の底から憎いと思う。

けれど憎しみと悔しさにセレナが顔を歪ませた途端、リーナはそれまでの穏やかさが嘘のような険しい顔で、セレナの髪を乱暴に掴み上げた。

あまりの痛みに顔をしかめながらも、セレナは苦悶の声だけはこぼさないようにと歯を食いしばる。

セレナが苦しめばリーナが喜ぶような気がして、それだけは嫌だと思ったのだ。

「言っておくけど、こうなったのは全部お姉ちゃんの所為なのよ！」

だが黙って堪え忍ぶその表情は、逆にリーナの怒りを買ったらしい。

彼女はセレナの顔を思いきり地面に叩き付け、腹部を強く蹴り上げた。

「……どうして……」

「悪いのは、勝手に幸せになろうとするお姉ちゃんよ！　お姉ちゃんのせいで、お母様はずっと苦しんでたのに、一人だけ幸せになるなんて許せない……！」

そこで一瞬だけ泣きそうな顔になると、リーナは苦しむセレナを更に強く蹴り上げた。

リーナは美しい髪が乱れるのもいとわず、セレナに暴力を振るいながら、怒りに満ちた声を彼女に浴びせ続ける。

セレナの意識は痛みで飛びそうになるが、リーナの言葉を聞き流してはいけない気がして、セレナは何とか目を開けた。

「お母さんに……何が……？」

「お母様はね、お姉ちゃんを叩いたあとよく泣いて、苦しんでいたのよ」

これまで聞いたことのなかった話に、セレナは耳を疑う。だがリーナの表情は嘘を言っているようには見えず、彼女の怒りは増していくばかりのようだった。

「お姉ちゃんが大きくなってお父様に似てくると、前より泣くようになって、お酒もいっぱい飲むようになって、そのせいでお母様は亡くなったのよ！」

「そ……んな……」

「声が汚いお姉ちゃんは殴られて当然なのに、だから私もお母様を安心させたくていっぱい痛いことしたのに、お母様はもっと泣くの……。全部……全部お姉ちゃんが悪いのに、先にお姉ちゃんが死ねばよかったのに！」

何度も何度も死んでしまえと繰り返しながら、リーナはセレナを蹴り上げる。

早口でまくし立てるその様子は常軌を逸しているが、その頃にはもうセレナは抵抗する気力を失い、痛みさえ感じなくなっていた。

身体の感覚もなくなり、いつしか心までもが崩れ去っていくようだった。

「だから、お姉ちゃんを幸せになんかさせない！　絶対に!!」

幸せになるな、反抗をするなと告げるリーナの顔は、何故かまた泣きそうに歪んでいた。

それは昔、母が父を失ったときに見せた顔に似ていて、セレナはひどく悲しい気持ちになる。

『あんたが代わりに死ねばよかったのに。お父さんは声の汚いあんたと違って、ずっとずっと価値があったのに！』

そう言って、母が何度も何度もセレナをぶったときに見せた、怒りと悲しみで崩れた美しい表情を、今はリーナが浮かべている。

母とリーナの表情が重なるのと同時に、やはり自分の行動は間違っていたのだと、セレナは強く思った。

母を想っていたのなら、きっとただ黙って耐えているだけではいけなかったのだ。

セレナがすべきだったのは、抵抗してでも、母に寄り添うことだったに違いない。

『ごめんなさい』

声にならない言葉を口にして、セレナはリーナに手をのばす。

母を失った悲しみと自分への憎しみで壊れそうな妹を優しく抱きしめ『苦しまないでほしい』と言いたかったのだ。

だがセレナの反応を見たリーナは何故か怯えたような顔をして、それから更に強く、セレナを蹴り上げる。

「だから私はあの人をもらうの！　そしてその邪魔は絶対にさせない！」

そう言うのと同時に、リーナは硬いものが入った小袋をセレナの頬に叩き付けた。

痛みに呻きながら目を開ければ、側には袋からこぼれたらしい何枚かの金貨が落ちている。

「私は優しいから、街を出るくらいのお金だけはあげる。だからそれを持って、もう二度とこのフィレーザの街には戻ってこないで」

その声は元の穏やかなものに戻っていたけれど、そこに込められた悪意をセレナは感じ取っていた。

彼女の要求を呑まなければ、リーナは本当にジーノに薬を届けないよう手を回すだろう。

（それだけは、絶対にだめ……）

街が見たいと笑っていたジーノの顔を思い出し、セレナは小袋をゆっくりと摑み取る。

「そうよ、お姉ちゃんはそうやって私の言うことだけを聞いていればいいの」

苦痛の向こうから聞こえてきた声に、セレナは抵抗することができなかった。

第九章

最後の客人の乗った馬車が屋敷から遠ざかっていく音を聞きながら、ジーノは玄関扉にもたれるように、ずるずるとその場にくずおれた。

「大丈夫ですか!?」

「……少し疲れただけだから、そっとしておいてくれ」

駆け寄ってきた使用人を屋敷の中に入るよう促しながら、ジーノは玄関前の階段に腰を下ろし、大きく息を吐く。

自分の不注意が招いたことだが、客のあしらいに疲れ果てたジーノはぐったりしていた。

(もうだめだ、今すぐセレナの甘い声で慰めてもらいたい。『よくがんばりました』と褒めてもらいたい)

ついでに頭もよしよししてほしいと子どものようなことを思っていると、去ったはずの馬車がこちらへ戻ってくる音がする。

（先ほどの馬車とは少し音が違うから、まさかまた新しい客か……？）

げんなりしながらも、ジーノは仕方なく立ち上がる。

そのまま不満な顔を隠しもせず立っていると、玄関の前に停まった馬車の中から、何者かが御者の手を借りてジーノの前へと降り立った。

「ごきげんよう」

透き通るような甘い声音に、ジーノは僅かに眉を寄せる。

（この声、昨日ボックス席で聞いたのと似ているな……）

まさかと思いつつも驚きを隠していると、衣擦れの音と共に会釈をする気配を感じた。

「セレナの妹のリーナと申します。この度は、姉の件でご挨拶に参りました」

自分の声が美しく響くよう意識された、完璧な挨拶が耳朶《じだ》を打つ。

もちろんその声が上っ面のものだとジーノは気づいていたけれど、彼の直感がリーナに調子を合わせろと忠告していた。

「わざわざ来てくれるとは思わなかった。だがあいにく、セレナは今留守にしていてな」

「それは残念です。お姉ちゃんに会いたくて、思いきって伺ったのですが……」

困ったような声を出しているが、ジーノの耳にはそう聞こえない。

（わかりやすい嘘だ……だがやはり……何か引っかかる……）

自分を見つめてくる視線が妙に甘いこと、何より演技がかった落胆の声に、ジーノの胸に芽生えたのは警戒心だった。

正直に言えば今すぐ帰してしまいたいが、それではだめだという気がしてならない。この手の勘は、恐ろしいほどよく当たるのだ。

「よければ、中で待っているといい。私も、君とは一度話してみたかったんだ」

告げる声はぶっきらぼうになってしまったが、リーナは彼の警戒など感じていない様子で、遠慮もせず誘いに乗ってくる。

そのままさりげなく腕を組んでくるリーナに嫌悪感を抱きつつ、ジーノは彼女を応接間に招き入れ、それから使用人たちに、しばらく部屋に近づくなとそっと耳打ちした。

「それで、セレナになんの用が？」

彼女の気配を探りつつ、ジーノはリーナが腰掛けているソファに近づいた。

普段なら向かい合わせに座るところだが、明らかにジーノとの接触を期待している雰囲気を感じて、彼はあえてリーナの隣に腰を下ろす。

するとリーナは自然な動きでジーノとの距離を詰め、ふくよかな胸を腕に押し当ててきた。

こちらが見えないとわかっていてあえて距離を詰めてくるのは、ジーノに気がある女性たちが取る常套手段だ。

普段ならそれを素早く振り払うが、今日はあえて、そうしない。

今の距離を保ちながら世間話をしていると、だんだんとリーナがこちらに気を許してくるのをジーノは感じた。

自分の唇に何度も視線を向けているのを察し、彼女の用事はセレナではなく自分だと悟る。

むしろあえてセレナの不在を狙ったのかと考えたとき、ジーノの顔から血の気が引いた。

(そういえば、ずいぶんと帰りが遅い……)

それに何故リーナはセレナの不在を知っているのかと訝しく思っていると、ジーノの手にリーナが優しく指を絡めてきた。

(この手が、俺のセレナを傷つけてきたのか……)

胸のうちに、強い不安と静かな怒りが芽生えるのを感じながら、ジーノは嫌悪感をぐっと堪える。

「何か言いたいことがあるなら、声に出してくれ」

「ごめんなさい、私ったら……」

「いや、私の目が見えればいいのだが、このザマでな」

彼女の反応を引き出すために少しだけ声を抑えると、リーナはそこで何やら鞄をあさり出す。

「そうだ、実は一つおみやげを持ってきたんです」

「ほう……」

「実は知人が薬売りをしていて、そこで目に効く薬があると聞いたものですから」

リーナが何かを差し出すのを感じたジーノは、それを受け取り、手の中で転がす。

「目の病に効く、点眼薬だそうです」

その言葉に、ジーノの不安は確信に変わった。

「実はセレナも、今丁度目の薬を買いに行ってくれているところなんだ」

「じゃあ、今頃少し困っているかも知れませんね。ここにあるものが彼の手元にある最後の一つだそうなので」

「そうか、では大事に使わねばな」

応接用のテーブルにことりと音を立てて小瓶を置き、ジーノはリーナの膝の上に手をのせた。

ただそれだけのことで彼女の肌は期待で熱を持ち、いつしか甘い吐息がすぐ側まで迫っている。

こんな状況で、姉の婚約者に色仕掛けを使うとはなんと浅はかな女だと思うが、逆に言えば彼女の油断は好都合だ。

「ジーノ様、私……」

「それ以上喋るな」

吐息の位置から唇の位置を探り、ジーノは舌で唇をこじ開ける。

性急なキスに動じることもなく、それどころか艶めかしい動きでリーナは口づけに応じた。

(……かかったな)

長いキスで次第に乱れていくリーナの呼吸を感じた瞬間、ジーノはいきなり唇を離すと、彼女の右肩に両手をかける。

「――っ!!」

肩の外れる嫌な感触を感じると同時に、リーナが声にならない悲鳴を上げた。

それからじたばたと暴れる気配がするが、ジーノはそれを腕一本で押さえつける。

「な、何で……っ!」

「それは自分の胸に聞けばいい」

冷え冷えとした声に、リーナの泣き声が不自然に止まる。

自分に向けられる視線がこわばり、押さえつけた身体がガクガクと震えるのを感じながら、ジーノは自分が今、ひどく恐ろしい顔をしていることに気づいていた。

きっとリーナの目には、自分は得体の知れない怪物か何かのように映っているのだろう。

だが優しくなどできるはずがない。ジーノにとって彼女は、愛するセレナをひどく痛めつけ続けた女なのだ。

「本当はセレナに会ったのだろう？　彼女たちをどうした」

「し、知らない……」

「そうか」

淡々とした声と共に、ジーノはもう片方の肩にも手をかける。

そしてそのまま躊躇いもなく腕を引けば、もう片方の肩もあっけないほど簡単に関節から外れてしまう。

「いたい……いや、イヤ、イヤぁ……!!」

激痛に、リーナは髪を振り乱しながら泣き叫ぶ。

だがその声を聞いても、ジーノの心は少しも痛まなかった。

唯一感じるとすれば、それはあまりに身勝手なリーナに対する純粋な疑問だ。

(今までセレナを傷つけてきたのに、何故これくらいで許してもらえると思うのだろう)

彼女は、ジーノの大切なセレナを理不尽に傷つけ、身勝手な理由で虐げてきたのだ。

報いを受けるのは当たり前なのに、何故ジーノに愛されると思ったのか。

「腕を折ったわけでもあるまいし、馬鹿みたいに泣くのはやめろ。お前はもっとひどいことをセレナにしてきたじゃないか」

「だって……おねえちゃんが……」

「セレナのせいにするなら勝手にするがいい。俺は親切な人間ではないし、貴様の腐った性根を今更叩き直すつもりはない。だがいい加減に自覚しろ、何の価値もないのは貴様の方だ」

価値もないという一言に、リーナが更に動揺するのをジーノは感じた。

「な、何を言ってるの……だって私は……！」

「街一番の歌姫だとでも言うつもりか？　仮初めの名声と聞くに堪えない歌声しか持たないくせに、よくそれほど自分を誇れるな」

「……そ……んな……」

ミケーレから聞いた話では、リーナは自分の才能に溺れ、努力を怠っているらしい。

（僅かだが酒焼けもしているようだし、こいつは本当に歌手の自覚があるのか？）

以前はどうだったか知らないが、今聞いた限りリーナの声には艶もなく、彼女の母親どころか他の歌手と比べても、その声に魅力があるとは思えない。

だからこそ、近頃は、劇場のオーナーと寝ることでしか役がもらえない状況に陥っているのだろうが、それでもなお自分を歌姫だと思い込んでいる彼女が、ジーノには間抜けな道化に見える。

（だがそんなことはどうでもいい。道化だろうとなんだろうと、セレナの敵であるなら壊すだけだ）

「もう二度と舞台に立てないと思え。それが、俺のセレナを傷つけた罰だ」

憎しみを言葉に乗せて微笑めば、リーナの口から恐怖に引きつった悲鳴がこぼれる。

その声は小気味よく、悲鳴を聞けば聞くほどジーノの心は晴れていく気がした。

「セレナの味わったのと同じ苦痛を与えてやろう。その中で思う存分歌えばいい……」

そのまま細い首筋に手をかけたとき、突然応接間の扉が勢いよく開かれる。

「ジーノ、何を――!?」

聞こえてきたのは息の上がったミケーレの声だった。

彼の来訪にほっとしたように、リーナの身体から力が抜ける。

「お願い助けて、私無理やり……」

「無理やりであることは否定しないが、助けを求める正当な理由が自分にあると?」

ジーノが冷え冷えとした声で告げると、リーナだけでなくミケーレの視線からも、動揺と僅かな恐怖の気配を感じる。

どうして彼までそんな視線を向けるのかと少し不思議に思っていると、ミケーレははっと我に返り、慌てた様子でこちらへやってきた。

「リーナのことよりセレナさんだよ！　彼女が、急にいなくなってしまったんだ……！」

薬売りの店での出来事を話し出したミケーレに、再びリーナの身体がこわばるのがわかる。

一方ジーノは、話し終えてもなお動揺が治まらないミケーレに落ち着けと笑った。

「安心しろ、居場所ならたぶんこいつが知っている」

「もしかして、それでジーノは彼女を？」

「違うのよミケーレ……！　私、彼に突然乱暴されて……！」

「乱暴はしているが、それの何がいけない？　貴様は俺のセレナに手を出したんだ、当然の結果だろう」

むしろこの状況でよく嘘を重ねられるなと感心していると、ミケーレが再び怯えた顔をジーノへと向ける。

「まさか、お前もこの女の味方をするのか？」

尋ねると、ミケーレは僅かな間のあと、躊躇いを捨ててジーノの側に立つ。

「いや、リーナに腹を立てていたのは、僕も同じだ」

「ならば手を貸せ。こいつにセレナの居場所を吐かせる」

ジーノの言葉にミケーレが頷いた途端、リーナは再び泣き叫びながら身を捩る。

だがもちろん、ジーノが彼女を逃がすわけがない。

（そうだ、絶対に逃がさない……）

セレナの居場所を吐かせ、そして過去の報いを受けさせるまで許せるはずがない。

そのために目の前のリーナを傷つけることに、ジーノは少しの躊躇いもなかった。

＊＊＊

季節外れの雨が、世界を暗く覆っていた。

激しい雨の中、セレナは一人ぬかるんだあぜ道をゆっくりと歩いていた。

リーナの仲間らしい男に捕まり、彼女はフィレーザの街の外へ連れ出されたのだ。

連れてこられたのは大きな街道ではなく、ひと気のない川沿いのあぜ道だった。

戻ることは許さないとナイフまで突きつけられ、逃げるように進むことになったこの道が、どこに続いているのかもセレナにはわからない。

降り出した雨のせいで身体は冷え切ってしまっていたが、雨宿りができるような場所もなく、荒れた道は幅も狭く、乗合馬車のたぐいが通りかかる気配もなかった。

（でもそろそろ休まないと、さすがにまずいかもしれない……）

リーナに強く蹴られた腹部は痛みが増していて、セレナの歩みはじわじわと遅くなっている。

このままでは倒れてしまうのも時間の問題だとわかっていたセレナは、川沿いにあった細い木の下で立ち止まることにした。

雨風を防げるほどの木ではないけれど、それでも寄りかかることくらいはできると思ったのだ。

だが一度立ち止まってしまうと、今度は疲労に全身を支配され、気がつけばその場にずるずるとくずおれてしまう。

(少し休んだら、すぐに行かないと……。まだ街の近くにいるって知られたら、リーナはきっと怒る……)

そう思う一方で、寒さと寂しさ、そして疲労からきた睡魔のせいで、意識が朦朧としてしまう。

いっそこのまま少し寝てしまおうかとも思うが、すると今度は頭の中にリーナの言葉がこだまし、セレナの意識を蝕んでいく。

『お前が死ねばよかったのに』

聞き慣れたはずのその言葉が、今日はことさら深く胸に突き刺さる。

いつもより心が痛むのは、きっとリーナが語った母の話のせいだろう。

(本当に、私のせいでお母様は死んでしまったの……？)

セレナへの暴力は、母にとってはある種の救いなのだと思っていた。

父を亡くし、均衡を崩した心の平穏を保つのに必要な行為だと思っていたから、幼いセレナは痛みに耐えてきた。

そのあとも、歌姫として名を上げるにつれ、母は家ではいつも疲れた顔をしていた。

名声と富を得るに従い、彼女は苦労も背負い込んでいたのだろう。そしてそのはけ口としてセレナを使い、彼女を殴ることで母は活力を取り戻しているようにも見えたのだ。

けれど、それが逆に母の命を削ることに繋がっていたのだとしたら、リーナが言うように死ぬべきだったのは自分だったのではないかと思わずにいられない。

『お前には生きている価値なんてない』

母と妹に何度も投げつけられた言葉が頭にこだまし、ならばいっそ殺してくれたらよかったのにとさえ思う。

(価値がないなら、このままいっそ……)

どうせもう自分の居場所はどこにもないのだから、いっそここで凍えて死んでしまっても構わないのではという考えが頭をよぎる。

だが瞼をきつく閉じた瞬間、脳裏に響く不快な声が遠ざかり、代わりにジーノの優しい声が聞こえた気がした。

『にゃあと泣いてくれ!』

よりにもよって、頭に浮かんできたのはジーノからかけられた突飛な言葉だった。

声が聞きたいとか触ってほしいとか、セレナを求める彼の声がおかしくて、こんな状況にもかかわらず、自然と笑みがこぼれてしまう。

冗談のような言い方と声のせいでずっと実感が持てなかったけれど、何百回もの彼からの懇願は、セレナ自身も気づかぬうちに、彼女の心を変えていたのだろう。

いっそ死んで楽になりたいと思うのと同じくらい、このまま死ねないと思う。

(生きていればまたいつか、ジーノ様にだって会えるかもしれない……)

彼は、セレナが側にいることをまだ望んでくれていた。

声が聞きたいと笑ったり、抱きしめたいとねだったり、ジーノの欲求はつきることがなく、それはある日突然消えるようなものではなかったはずだ。

その上彼は、セレナにはもったいないくらいの幸せをくれた。

セレナをものではなく人として扱い、毎日の食事や寝床だけでなく、素敵な贈り物までくれた初めての人だ。

(私まだ、ジーノ様が作ってくださった曲も全部聴けていない……。だからやっぱり、こんなところで立ち止まれない……)

セレナは彼が奏でてくれた音楽を思い出しながら、疲労と痛みに気づかないふりをする。

優しくて、暖かくて、穏やかな旋律は、いつもセレナを癒やしてくれた。それは苦難の中であっても変わらずセレナを励ましてくれる。

彼が聴かせてくれた最初の曲――あの優しい子守歌を思い浮かべながら足に力を入れると、彼女は立ち上がることができた。

そのまま、セレナはゆっくりと前へ進み始める。

（大丈夫、まだ歩ける……）

必死に足を動かして、セレナは前へ前へと進んでいく。

そうしていると、唇からは無意識のうちにあの優しい子守歌の旋律がこぼれ始めた。

自分の声で歌うことなんてありえないと思っていたけれど、口ずさんでいると不思議と気力も湧いてくる気がする。

（歌うって、思っていた以上に簡単なことなのね……）

そうと知っていれば、ジーノに歌ってあげられたのにと考えると、セレナの心は後悔で痛んだ。

毎日のように子守歌を歌ってほしいと迫ってきたジーノの顔を思い出したのだ。

（彼に……ジーノ様に会いたい……）

一度彼のことを思い出すと、彼を求める気持ちが溢れて止まらなくなる。

だが街を出るとき、リーナから「戻ってきたら、ジーノ様の目は永遠に治らないから」と言われたことを思い出し、セレナはぐっと堪えた。

街に戻りジーノに助けを求めたいと何度も思ったが、もしもその前にリーナや彼女の仲間に見つかったら、彼女は薬をすぐに破棄してしまうだろう。それどころか、イエンという薬売りを使い、ジーノの病気を悪化させることだってしかねない気がした。

だから彼女は街に背を向け、会いたい気持ちを抑える。

それはひどく難しいことだったけれど、彼から送られた曲を口ずさんでいれば、少しずつだが気持ちは落ち着いてくる。

(それにきっと、永遠に会えないわけじゃない……)

それがいつになるかはわからないし、もしかしたら遠い未来のことになってしまうかもしれないけれど、彼との再会を思い描きながら曲を口ずさんでいると、気持ちはぐっと楽になる。

(もしもまた会えたら、今度はちゃんと彼に歌おう)

彼が愛してくれたこの声で、優しいあの曲をいつか歌って聴かせてあげたいと考えながら、セレナは雨の中を歩き続けた。

しばらくすると、雨足は少しだけ弱まり、代わりに人の声と足音がこちらへと近づいてくるのが聞こえてきた。

「……セレナっ!!」

少し離れた場所からジーノの声が聞こえた気がした。

幻聴かもしれないと思いつつも、僅かな希望を持って顔を上げた瞬間、温もりに包まれた。

(本物……なの……?)

最初は幻かと思ったけれど、側に立つジーノも彼がくれる温もりも確かにここにあるのだと、少しずつ実感が湧いてくる。

「……どうして……」

驚くと同時に、彼が目の前にいることが不安になってくる。

もしリーナに見られたらと思い身体をこわばらせるが、ジーノはセレナの不安をほぐすように背中を撫でた。

「少し捜したが、お前の声が、歌が聞こえた気がして走ってきた。もう何も心配するな、お前を不安にさせるものは全て俺が排除した」

ジーノは雨に濡れたセレナの髪をなでつけながら、泣きそうな顔で彼女の唇を優しく奪う。

「お前を脅かすものは何もない。だから一緒に帰ろう」

ジーノの力強い言葉に、セレナの中の不安と躊躇いが消えていく。セレナは「一緒に帰りたい」と素直な気持ちを彼に告げようとした。

だが安心したせいで気が緩んだのか、セレナはそこで意識を失ってしまう。

けれどもう、セレナを責める母と妹の声は聞こえなかった。

＊＊＊

次に目を覚ましたとき、セレナが最初に見たのは、泣きそうな顔でこちらを覗き込むオルガの姿だった。

驚いて息を呑んだ次の瞬間、今度はミケーレの顔がオルガと入れ替わる。

「よかった、やっと目が覚めたんだね？」

手を取り合って喜んでいる二人を見ながら、セレナはぼんやりとした頭をはっきりさせようと、僅かに身じろぎする。

そして無意識のうちにジーノの姿を捜していると、それを察したオルガが優しく手を握ってくれた。

「ここは病院だよ。坊ちゃんは今ご自身の検査で出ているけど、すぐに戻ってくるから」

検査と聞き、まさかジーノが怪我でもしたのかと不安になるが、ミケーレは「安心して」とすぐに笑った。

「ジーノは今、目の検査に行っているんだ。セレナさんのおかげで、彼の目は少しずつ良くなってるんだよ」

薬は届いていたのだとわかり、セレナは安堵する。同時に、自分の身に起きたことを今更のように思い出し、身体を震わせた。

「お二人は……大丈夫だったのですか……？」

「うん、僕もオルガさんも、薬を飲まされただけですんだんだ」

それでもまだ少し不安で、セレナはこれまでのことを二人に尋ねようとした。

だがそれを邪魔するように、病室の扉が勢いよく開く。

「セレナが動いた気配がした！」

「いつも思うけど、ジーノの察知能力は野生動物並みだよね……」

顔を上げると、そこにはこちらへ駆けてくるジーノの姿がある。

その目にはきつく包帯が巻かれているが、ベッドの側面にガンッと足をぶつけながら、勢いよく抱きついてくる姿は元気そうだった。

「ちゃんと生きているな？」

耳元で囁かれた声に、セレナは大きく頷く。

「なかなか起きないから、ずっと心配していたんだぞ」

「ごめんなさい。色々とご迷惑をおかけしてしまって……」

縋り付くジーノの背中を撫でながら謝罪を口にすると、ミケーレとオルガが気を遣って部屋を出て行く気配がする。

だがそのあともしばらくジーノは離れず、ようやく身体を離してくれたのは、彼が部屋を訪れてから五分以上が経過したころだった。

「それで、具合はどうだ？」

「少し身体が重いですが、大丈夫です」

「あまり無理はするな。お前は一週間近く眠っていたんだ……」

「そんなに……？」

「熱が高くて危ないときもあったが、今はもう問題ないらしい。それと、お前が寝ている間に、リーナには余罪がいくつも出てきてな……。彼女とあの薬売りは今牢屋の中だ」

余罪という言葉にはっとすると、ジーノはセレナの様子を窺いつつ、彼女が寝ている間のことを語り始めた。

どうやらリーナが危害を加えていたのは、姉であるセレナだけではなかったらしい。薬売りのイエンと恋人になって以来、リーナは彼の薬を用いて、ライバルである他の歌手たちの妨害をしていたのだ。

家族に病人がいれば、治療と引き替えに舞台を下りるように迫ったり、自分より目立つ若手がいれば、身体を壊す薬を盛っていたそうだ。

母が亡くなって以来、リーナはあまり大きな舞台には立てていなかった。

確かに素晴らしい声と才能は持っていたけれど、彼女は努力を怠っていて、様々な場所で自分勝手な振る舞いばかりしていたのだそうだ。

以前は母やそのパトロンたちが庇ってくれていたが、今はその後ろ盾さえなくしていた。

だが彼女は、自身の行いを改めるのではなく、他人を蹴落とすことで自分の地位を上げようとした。

そんなふうに悪事に手を染めることが常習化していたところに、自分の妹がジーノと婚約したと知った彼女は、同じ要領でセレナを蹴落とし、ジーノを得ようと考えた。

「私を恨んでいるのは知っていたけれど、まさか他の人たちにまで……」

「彼女はたぶん、自分が一番でないと我慢ならない性なのだろうな」

冷静な指摘は的を射ていたけれど、それでもセレナはリーナが正しい道を歩む未来もあったのではと思わずにいられない。

「お前のせいだ」と自分を詰《なじ》るリーナの顔が頭に浮かび、それがセレナを後悔に導くのだ。

だが口にしかけた後悔の言葉は、セレナの身体を抱き寄せるジーノの腕によって阻まれた。

「馬鹿げたことを考えていそうだが、全ての原因はリーナ自身にある。むしろ、お前は一番の被害者なんだぞ」

「ですが私はリーナの家族なんです……。一番近くにいたのなら、止められたかもしれない」

「お前には悪いが、あの女はもう人として壊れていた。そしてそれはセレナのせいではなく、彼女自身の弱さが原因だ」

ジーノの言葉は正しい。だがそれでもセレナの後悔は消えず、言葉となってつい口からこぼれてしまう。

「ですが、リーナには、悪いことを悪いと言ってくれる人がいなかったのです。きっと、私がしなくてはいけなかったのに」

「確かにあの女にも不幸な事情があったのかもしれないし、お前にも何かできることがあったのかもしれない。だが過ぎたことは変えられないし、それを悔やんでも仕方がない」

けれど……と、ジーノはセレナを励ますように彼女の頬を撫でる。

「自分を思いやってくれるセレナのような姉がいることは、あいつにとっては幸運なことだ。まだ若いうちに罪を償う機会を得ることができたのだし、本気で立ち直ろうと思えるなら未来はある。そしてその未来はお前が作ったものだ」

だから自分を責めすぎるなと、甘く囁くジーノの声で、胸のうちにこだましていたリーナの罵倒が少しずつ消えていく。

セレナはジーノをぎゅっと抱きしめた。自分には支えてくれる彼がいて良かったと改めて思う。

「それにあんな妹の心配をするくらいなら、お前は俺のことを心配すべきだ。セレナがいなくなったら、俺はこの先どうやって生きていったらいい……」

震える声に、セレナの胸が大きく跳ねる。

大切にされているとはわかっていたけれど、縋り付いてくるジーノの腕は、まるで愛おしいものを逃さないとしているかのようだった。

「この目だって、お前が代償になるというなら見えないままでかまわない。俺はお前の顔が見たいから、治そうと決めたんだぞ」

「でも、ジーノ様は声以外には興味がないと……」

「そんなことは言っていない！」

「い、言ってはいませんけど、そうだとばかり……」

「お前の声だから好きなのだ。だから、たとえ声が変わっても構わない。優しいお前が側にいて、俺の名を呼んでくれるなら、それだけで俺は幸せだ」

ジーノの懇願に、セレナは喜びのあまり目の奥が熱くなる。

彼の望みはセレナもまた望んでいたことだった。ジーノの名を呼び、側で一緒に過ごすことが、セレナにとっては一番の幸せなのだ。

「許されるなら、私も、ジーノ様のお側にいたいです」

「ならば絶対に離れるな。お前以外のものは、この目に入れる価値もないと俺は本気で思っているんだからな」

それから彼は乱暴な手つきで包帯を取り始め、セレナは少し慌ててしまう。

「包帯を外しても大丈夫なんですか？」

「ああ。むしろさっき外してもらうつもりだったんだが、お前が目覚めた気配がしたので、そのまま来てしまったんだ」

笑いながら、ジーノは完全に包帯を取り払う。

そして現れたジーノの瞳には、以前とは違う輝きが宿っていた。

「私のこと、見えているのですか？」

「まだ、完全とは言えない。……だが、光の中にお前がいるのはわかる」

穏やかな声で言って、ジーノはセレナの頬を撫でた。

「本当は、あの薬は使いたくなかった。だがオルガやミケーレから、セレナの覚悟を無駄にするなと言われてな……」

それからジーノは、セレナの首筋に優しくキスをする。

「それに、お前の目を見て言いたい言葉もあったからな」

それは何ですかと尋ねるより早く、ジーノはセレナの手を摑み、微笑んだ。

「セレナ、俺はお前を愛している」

あまりに唐突に、それもさらりと言い放つものだから、セレナはぽかんと口を開けてしまった。

何か言わなければと思うけれど、そのたびにジーノの告白が頭にこだまして、正常な思考が保てない。

「指が震えているが……もしかして、気分を害したか？」

「ち、違います！　私の方だけが、好きなのだとばかり思っていて……だから……」

急いで口を開くが、真っ白になった頭では、自分でも何を言っているのかわからなくなる。

それでも、ジーノは彼女の言いたいことが理解できたのだろう。

かつてないほど顔を輝かせながら、戸惑うセレナの頬に触れ、視線を自分へ向けさせる。

「俺が好きか！　そうなんだな！　撤回するなよ！」

先ほどのあっけない告白といい、今のはしゃぎ方といい、恋が実る瞬間だというのに、そこに甘さはまるでない。

「やはり気持ちは伝えるべきだな！　お前が寝ている間に、オルガとミケーレからうんざりするほど叱られたが、今その理由がわかった！」

だからといって突然すぎると思ったが、よくよく考えると彼が突飛な行動に出るのはいつものことだ。

「言い訳ではないが、伝えようとは思っていたんだぞ？　ただその、どうやら俺は、お前のことが好きすぎるあまり言葉より先に手が出てしまうようでな」

つい言い忘れてしまっていたのだとにこやかに言い放たれたところで、セレナはようやく彼の好意を実感し、真っ赤になって俯く。

（すごくびっくりしたけど、でもジーノ様らしい伝え方なのかも……）

『にゃあと鳴け』と迫ったあのときから、彼はいつも子どものようにセレナを求めてきた。

あまりに無邪気《むじゃき》で、純粋で、まっすぐすぎるから気づかなかったけれど、底抜けに明るくてちょっとだけ間が抜けているのが、ジーノの愛し方なのかもしれない。

「言っておくが、好きと言ったからには容赦しないぞ？」

「な、何だか物騒《ぶっそう》です……」

「これも最近気づいたが、私はお前が好きすぎて少しおかしくなるときがあるようだ。だからきっと、独占欲が強すぎて苦労させることも多いと思う」

「確かに、独占欲は感じましたけど、そこまでおかしいとは思いませんよ？」

セレナを常に側に置きたがるジーノの性格は既に知っている。

それが愛情から来るものであるのなら、むしろ嬉しいくらいだとセレナは思う。

「それに私も、ジーノ様のお側にいるときは幸せで……。だから、嫌な気持ちにはならないと思います」

「では永遠に俺の側にいろ。そして俺の知らないところで危険な目にはもう遭うな。さもないと、俺はいつか壊れてしまう気がする」

言い回しは大げさに感じたけれど、そう言って抱きついてくるジーノの腕はいつも以上に力強い。

その必死さは普通でない気もしたが、それが嫌だとはセレナは思わない。

むしろ彼が壊れてしまうくらいなら、ちゃんと側にいなければとセレナは改めて決意する。

「私でいいのなら、ずっとお側におります」

「絶対だ」

「ええ、もう離れません」

セレナが大きく頷くと、ジーノは嬉しそうに頬や唇に、優しいキスの雨を降らせた。

＊＊＊

リーナの事件に関する記事が落ち着き、新聞の見出しが年末に行われる歌劇のことばかりになった頃――。

ジーノの屋敷で療養していたセレナはようやく元の体調を取り戻し、以前通りの日常を送ることができるようになっていた。

「今日は一段と顔色がいいみたいだねぇ」

朝食のあと、どこかほっとした顔をしたのはオルガで、彼女の言葉に使用人たちは皆同意する。

自分に向けられる言葉や笑顔はセレナの胸を温かくし、彼女はこの屋敷に帰って来れたことを心の底から嬉しく思った。

「元気になってきたなら、そろそろまた愛し合ってもいい頃だな」

突然隣から聞こえてきた声に、セレナは頬を真っ赤に染める。

もちろん、今の発言はジーノの口からこぼれたものだ。

「そ、そういうお話はせめて二人きりのときに……」

「照れた顔もかわいいな。見ていると、色々と我慢ができなくなりそうだ」

セレナの恥じらいに気づいているようだが、自重する様子はない。

それどころか、彼はセレナの腕を取り立ち上がると、食堂の出口へと足を向ける。

ただ、その足取りは少しおぼつかなくて、セレナは慌てて口を開いた。

「あの、もう少しゆっくり……」

「ゆっくりなどしていられるか！　とにかくまずは寝室に——っ!!」

不安が的中し、ジーノがカーペットに足を取られて転倒したのは直後のことだった。

転ぶと同時に腕が離れてしまったのでセレナは無事だったが、ジーノは悔しそうに舌打ちをしながら、膝を擦っている。

「見える方が、歩きにくいな……」

拗ねたような声に、セレナがジーノを慰めようと肩に手を置くと、彼はその動きをしっかりと目で追っている。

セレナが快方に向かうと同時に、ジーノの目もだいぶ良くなっていた。

だがそのことが逆に、彼の日常生活に支障をきたしているようなのだ。

目から得た情報をうまく処理できない上に、彼は他の感覚が鋭すぎて、バランスがうまくとれていないのだろう。こうして突然転ぶことも日常茶飯事になっていた。

「……セレナ」

だから目が見えなかったとき以上に、彼はセレナを当てにしている。

どこに行くにも彼女が杖代わりになっていたし、部屋を移動する僅かな道のりでさえ、セレナが側にいないと歩けないありさまだ。

「情けない坊ちゃんっていうのも、新鮮だねぇ」

「嫌みか！」

「かわいらしくていいじゃないか。ともかくほら、見栄を張ってないでもうしばらくはセレナ様にくっついていなさいな」

「言われなくても、離れない」

逆に歩きにくいのではと思うくらいきつく手を握られ、セレナは思わず頬を染める。

ジーノに頼られるのは嬉しいけれど、最近は彼とのささいな触れ合いを恥ずかしいと感じるときがある。

（私最近、ジーノ様を意識しすぎなのかもしれない）

彼から好意を持たれているとわかって以来、セレナは彼の一挙一動にすぐドキドキしてしまう。

「セレナ」

そしてそれがわかっているのか、ジーノはあえて甘い声で囁くことが増えた。

「体調がいいなら寝室に行こう。お前とやってみたいことがあるんだ」

＊＊＊

「ジーノ様……もう……」

「まだだめだ。もう少し見ていたい」

「でも、恥ずかしい……」

「恥ずかしがっているからよけいに見たいのだ。俺はずっと、このときを待っていたんだからな」

そのままじっとしていろと、有無を言わさぬ声で命令されたセレナは、緊張感から小さく身体を震わせる。

（こんな明るいところでこんな格好……さすがに恥ずかしい……）

彼女は今、ジーノの寝室にある暖炉の前で膝立ちのまま身動きが取れなくなっていた。

手伝ってほしいと言うから素直に従ったら、ジーノは彼女を寝室に連れ込むやいなや「視力が良くなったかどうか確認したいからこれを着てくれ」と扇情的な夜着を差し出してきたのである。

もちろんセレナは戸惑ったが、「もうずいぶん長いことお前に触れていない」と悲しげな顔をするジーノに負けて、ついつい従ってしまったのだ。

だがいざ身につけると、彼は一向にセレナに触れようとしない。

薄い生地の下に透けて見えるセレナの肌を、ジーノは黙ってじっと見つめているのである。

外はもう暗いが、部屋の明かりと暖炉の炎のおかげで、彼女の姿ははっきりとジーノの目に映っていることだろう。

まだ視力が完全に戻ったわけではないようだが、これだけ近くで眺めていたら、恥ずかしさでピンク色になりつつある肌も見えてしまっている気がする。

「目が悪かった頃は、何もつけていない方がいいと思っていたが、服を着たままというのもそそるな」

「しみじみ、言わないでください」

「そうやって震えると、夜着が揺れる様が実に素晴らしい！　前にミケーレが、着衣のまま いたすのが好きだと言っていた意味が今更わかった！」

ひどく興奮した様子で言いながら、ジーノはその場に立ち上がり、セレナを抱き寄せその腕の中に閉じ込めた。

「それに、改めて見てもお前はすごく綺麗だ」

「そんなことありません。私は華もないし、綺麗だとは言いがたいと思います」

「鮮やかな華ばかりが美しいというわけではない。お前のような、清楚でかわいらしい容姿の方が俺は好きだし、綺麗だと思う」

力強く告げるジーノの声に、セレナは思わず頬を染める。

彼の言葉は少し甘すぎるくらいだけれど、おかげでセレナは自分の容姿に少しずつ自信を持つことができるようになっていた。

「お前は綺麗だ。むしろ綺麗すぎて誰かに取られないかと度々不安になる」

それからジーノは、セレナの耳元に唇を寄せて囁く。

「体調が良いなら、その美しい身体で俺の不安を消してほしい」

「か、身体はもう、平気です……」

「では、無理のない範囲で、お前を抱いてもかまわないか？」

あえて甘い声で懇願するジーノは、きっとセレナが断るなんて思ってもいないのだろう。

そしてセレナの方も、拒むつもりはない。おかしなことだが、彼に見つめられているときから既に、彼女の身体はじんわりと熱を持ち始めていたのだ。

（私、少しおかしくなってしまったのかも……。ジーノ様が側にいると、身体の疼きが止まらない……）

けれど、そんなセレナの身体に、ジーノはきっと気づいている。その上、彼女の反応を楽しんでいる様子もあり、ならばもう隠す必要はない気がしてくる。

（私には、ジーノ様が必要なのね……。そしてジーノ様もきっと……）

どちらともなく唇が触れて、甘い口づけと共にジーノの手のひらがセレナの腰を撫でる。ただそれだけで淫らな吐息と蜜がこぼれ出し、セレナはジーノの手つきに溺れていく。

「久々すぎて、俺も色々と余裕がなさそうだ。ベッドに運ぶ時間すら惜しい」

「それなら、ここで……」

すぐ側にあったソファに倒れ込むようにしてもつれ合い、二人はお互いの身体にきつく腕を回す。

服の上からなので少し物足りないが、それでも触れ合いによって高まった熱を、二人はそれぞれ感じていた。

そしてセレナは、ズボンの下で彼の肉棒が太さを増していることに気がついた。

ズボンを押しあげるほど硬く膨らんだものをそのままにしておくのは辛そうで、セレナはそっとジーノの腰に手を這わす。

「触れても、かまいませんか？」

いつになく大胆な言葉に、ジーノは大きく目を瞠った。

「お辛そうだから」

そう言ってベルトを外し、ジーノの手を借りながらズボンをずり下げる。

そして現れたジーノの肉棒は、あまりに太くて逞しい。

(これがいつも私の中に入っているなんて……)

何度も見てきたはずなのに、改めて見るそれはいつも以上に大きく見えて、少し萎縮してしまう。

けれどセレナは勇気を出して、細い指でジーノを優しく包み込んだ。

「……嫌なら、無理はするな」

どこか余裕のない声で告げるジーノに大丈夫だと頷いてから、セレナは彼の頂に口を近づける。

どうすれば気持ちよくなるかはわからなかったけれど、きっと包み込まれた方がいいのだろう。そう思いジーノをソファに座らせると、セレナはその前に膝をつき、ゆっくりと肉棒を口に含んだ。

「くっ……」

いつもは自分ばかりがこぼしている吐息を、ジーノが堪えきれずにいることに深い喜びを感じた。

だから彼女はつたないながらも舌を動かし、口に含んだ男根をゆっくりと舐め上げる。

彼のものはセレナの口には少し大きかったけれど、角度を変えながらなんとか口に含むことができた。

根元を手で支えながら舌でしごき上げていると、不意にジーノの肉棒がドクンと跳ね、その大きさを変える。

（ジーノ様の、どんどん大きくなってる……）

自分の手で彼を気持ちよくしていることが嬉しくて、もっと感じてもらおうと先端を吸い上げた瞬間、ジーノが慌てて腰を引いた。

「……いや、ですか？」

「違う、逆だ」

仰ぎ見た彼の額からは汗がこぼれていて、いつになく色香に満ちた吐息を漏らしている。

「もう、我慢できなくなった」

そう言うと、彼はセレナの身体を引き上げ、今度は彼女をソファに座らせる。

そのまま荒々しく唇を奪うと、彼はセレナの夜着を取り払い、露になった乳房を掬い上げるようにして強く愛撫し始めた。

「……あぁ」

唇を離れたジーノの舌がセレナの首筋を舐め、そこからゆっくり胸へと下りてくる。

手に代わって乳房の先端にたどり着いた唇で、ジーノは甘い刺激をセレナにもたらす。吸い上げられ、舌でしごかれた胸の頂はあっという間に立ち上がり、ジーノの唾液と絡み合って淫らに濡れていた。

「……はぁ……う」

疼きが強すぎて、セレナの口からは言葉が消えた。

こんなに強い刺激の中では、まともに声など出せるはずがない。

そしてそれをジーノも察したのか、彼は乳房から唇を離すと、優しい微笑みでセレナを見上げた。

「言葉などいらない。お前はただ、甘く鳴いていればいい」

そして彼はセレナの脚をゆっくりと広げ、その間に身体を沈み込ませる。

これから起こることへの期待だけで蜜を溢れさせるセレナの秘所を見て、ジーノは嬉しそうに頬を緩ませた。

「もう、準備はできているようだな？」

期待に震えながらこくりと頷くと、ジーノの熱がセレナの身体に割り入った。

「……っ！」

久々の挿入に身体中が甘く震え、過剰なほどの吐息がセレナからこぼれ出す。

（すごい、もう……おかしく……なる……）

「もう悦《い》きそうか？　中が絡みついて、俺も……」

余裕のない声とともに亀頭で中を抉られて、セレナの肉壁が彼の形に合わせて淫らに蠢《うごめ》く。

少しでも隙間をなくそうとするかのように、セレナの中はジーノをきゅっと締め上げて、お互いの熱とともに蜜が絡みついていく。

「セレナ……」

「ジーノ……さま……」

途切れ途切れになってしまったけれど、セレナの言葉はしっかりとジーノに届いていたらしい。

彼は更に強く彼女を抱きしめると、一層強く楔を穿つ。

「セレナっ……セレナ……！」

ずんと奥を突いた肉棒がその大きさを増した直後、ジーノの熱がセレナの中へと注ぎ込まれる。

絡み合う熱に思考が溶けて、セレナはつま先を震わせながら絶頂の中で身悶えた。

それを幸せそうに見つめながら、ジーノはセレナの身体に身を寄せる。

「お前を、誰よりも愛してる……」

耳元で熱く囁きながら、ジーノは二度と放すまいとするかのように彼女を強く抱き寄せた。

　そしてセレナもそれに応えるために腕を持ち上げ、ジーノに縋り付く。

「私も、愛して……います」

　掠れた声がジーノに届いたかどうかはわからないけれど、伝えたかった気持ちはきっと受け取ってもらえたのだろう。

　繋がったまま抱き合った二人は、互いの愛おしさを肌の熱と吐息にのせながら、もう一度深い口づけを交わした。

エピローグ

ピアノの音色を聴きながら、セレナは屋敷のバルコニーからフィレーザの街を見下ろしていた。

長い冬が終わり、フィレーザはもうすっかり春めいて、降り注ぐ日差しは暖かく穏やかだ。

(こうしてここから春の街を眺めるのも、何回目かしら……)

セレナがこの屋敷にやってきてから、いくつもの季節が流れた。

不思議なきっかけから始まった生活だけれど、今はもうすっかり落ち着き、ここでの日々がセレナにとっての日常になっている。

「セレナ！」

不意に名前を呼ばれて振り返ると、そこには年を重ねてもなお凜々しい夫の姿がある。

しかしピアノの音色はまだ続いている。おそらく彼は、大事な仕事を放り出してここに逃げ込んできたのだろう。

「今日は、ルシオのピアノを見てあげるんじゃなかったの？」

「あいつは俺に似て、一度弾き出すとちっとも相手をしてくれない。それに『どうせ音楽について学ぶなら、ミケーレがいい』と生意気なことを言い出してな」

拗ねたような言い方をして、ジーノはセレナの身体をきつく抱きしめる。

そのまましばらくセレナの頬や唇に優しいキスを落としたあと、ジーノはふとセレナの姿をじっと見つめた。

「お前は、一人で何をしていたんだ？」

「読書をしようと思ったのです。今日は天気がいいので、たまにはテラスに出るのもいいかなと」

「それなら俺もそうしよう。あの場所は、俺たちの特等席だからな」

目が治ってからというもの、ジーノは街の景色を眺める時間を好んでいる。

フィレーザの街をあちこち歩いたけれど、ここが一番美しくて落ち着くと、彼はよくテラスから外を眺めているのだ。

そしてその傍らにセレナがいることも多いが、今日は二人きりとはいきそうにない。

何故ならいつの間にかピアノの音がやんでいて、代わりに小さな足音がこちらに近づいてきているからだ。

（また、騒がしいことになりそう）

思わず苦笑していると、開けたままになっていた部屋の扉から、小さな人影が飛び込んできた。

「とうさまずるい！」

そう言って、ジーノとは反対の側からセレナに抱きついたのは、まだ幼い息子ルシオだ。ジーノをそのまま小さくしたような容姿である上に、性格まで彼に似てしまったルシオは、母であるセレナにべったりなのだ。

「何度も言うが、母は父のものなのだ」

「かあさまはボクの！」

「いや、私のだ！」

「おとなら、えんりょして!!」

「無駄に難しい言葉を使っても、父は遠慮しない！」

息子と夫のやり取りに、セレナは堪えきれずに噴き出してしまう。

セレナが絡むと途端に幼くなるジーノは、実の息子と毎日のようにセレナを取り合っているが、今日は特にむきになっているようだ。

そしてルシオも、ジーノを完全にライバル視しているらしく、妙に大人びた言葉でやり返す。

そんな二人の間にはいつもセレナがいて、間を取り持つのは彼女の役目だ。

「二人とも、今は音楽の勉強の時間でしょう？」

セレナが窘めると、二人はひとまず喧嘩をやめる。

それからセレナは、くっついたままの二人と共に音楽室に向かうと、ピアノの前に仲良く並んだ椅子に、それぞれを座らせた。

「私に、二人の連弾を聴かせてくれませんか？」

お互いに顔を見合わせ、ムッと唇を尖らせたものの、セレナが優しく「お願い」とねだると、二人はそれまでのやり取りが嘘のように息の合った演奏を始める。

二人が選んだ曲は、以前ジーノがセレナのためにと作ってくれた曲の一つで、彼女は嬉しくなってしまう。

けれどそれ以上に嬉しいのは二人の演奏がぴたりと合っていることだ。

ジーノの才能を受け継いだのか、ルシオのピアノの腕は既に大人顔負けの域だった。

作曲はあまり得意ではないようだが、ピアノ奏者として有名になるに違いないと、ミケーレからも太鼓判を押されている。

本人もすっかりその気になっていて、「ピアノと、かあさまとけっこんする」というのが、彼の最近の口癖だ。

そして、そんな息子の成長を、表には出さないがジーノも微笑ましく思っている。口の達者な息子に負けていじけた顔のままセレナにくっついてくることはあるが、本心では彼の才能を誰よりも喜び、育てたいと思っているのだ。

そしてルシオも、素直でないだけでそんなジーノのことが大好きだ。

『とうさまは、だめだけどすごい』『とうさまになりたい』と、彼のいないところではよく言っているし、こっそりピアノの特訓をしているのを、セレナは知っている。

だから一緒にピアノを弾き始めた二人は本当に楽しそうだし、それを側で聞いているのがセレナにとっての一番の幸せだった。

(本当に、似たもの同士ね)

正直に言えば、家族で音楽の道を歩むことについて、セレナには不安もある。

息子が父の背中を追い始めたとき、彼女の脳裏をよぎったのは母とリーナの関係だった。

才能のある親子だったのに、二人は才能を支えるだけの強い心がなかった。

そしてきっと、二人は歪な形でセレナに依存することで、自分たちの心を必死に立て直そうとしていたのだろう。

そのことにもっと早くに気づき、ただただ理不尽な行為を受け入れるだけでなく、違う形で二人を支えることができていればと、セレナは今も時々思う。

あの事件のあと、リーナは刑期を終えて釈放《しゃくほう》されたが、彼女はセレナのところには現れなかった。

　釈放後に来た手紙には、今度こそ更正し、別の街で歌手としてやり直すつもりだということ、そしてお互いのためにも距離を取るほうがいいという、リーナの考えも綴られていた。

　以来リーナから連絡はなく、彼女の居場所もセレナにはわからない。きっとどこかでうまくやっていると、そう願うことしかセレナにはできなかった。

（だからこそ、もう間違わないようにしないと）

　二度と修復できない関係もあるのだと学んだことで、ただ黙って流されるだけでなく、必要とされたときに必要なことができる人になりたいと、セレナは思うようになった。

（せめて今側にいる大切な人たちだけは、もう失わないように……）

　だから彼女は、優しさと勇気を持って、ジーノとルシオの間に立つ。

「どうだった？」

「ボクすごい？」

　曲が終わると同時に振り返った二人に微笑みかけて、腕を広げて二人を抱きしめる。

「すごく良かったわ。とても幸せな気持ちになった」

　自分の気持ちを素直に告げれば、セレナの大切な家族はそれに笑顔で応えてくれる。

　三人は、優しい抱擁の中で微笑み合う。

ジーノとルシオが再びささやかな意地の張り合いを始めるまでそれは続き、セレナは賑やかで幸せな日々がこの先も続くようにと、二人の笑顔を見ながら祈るのだった。

【了】

あとがき

こんにちは、ソーニャ文庫の隙間産業担当（主に残念なイケメン推《お》し的な意味で）と勝手に思っている、八巻《はちまき》にのはです！

気がつけば、ソーニャ文庫さんから出させていただく本も、五冊目となりました。

最初の駄目なおっさんに始まり、ついには全裸でバイオリンを弾く系イケメンまで書いてしまった私を、いつも笑って受け入れてくださる編集のYさんには本当に頭が上がりません。ありがとうございます！

そして残念なイケメンをイケメンたらしめてくれた、氷堂《ひどう》れん様にもこの場を借りて感謝を！

ヒロインのセレナが可愛《かわい》いのはもちろんのこと、残念なイケメンであるジーノも本当に素敵で、Yさんと二人で「あのジーノがかっこよく見える！」と大変感動しておりました。

本当の本当にありがとうございます！

そして最後になりますが、この本を手にとってくださった皆様にも大変感謝しております！　ありがとうございます！

それでは、機会があればまた、あとがきでお会いできれば幸いです！

八巻にのは

Sonya
ソーニャ文庫

この本を読んでのご意見・ご感想をお待ちしております。

◆ あて先 ◆

〒101-0051
東京都千代田区神田神保町2-4-7 久月神田ビル
㈱イースト・プレス　ソーニャ文庫編集部
八巻にのは先生／氷堂れん先生

変人作曲家《へんじんさっきょくか》の強引《ごういん》な求婚《きゅうこん》

2017年5月3日　第1刷発行

著　　者　八巻《はちまき》にのは
イラスト　氷堂《ひどう》れん
装　　丁　imagejack.inc
D　T　P　松井和彌
編集・発行人　安本千恵子
発　行　所　株式会社イースト・プレス
〒101-0051
東京都千代田区神田神保町2-4-7 久月神田ビル
TEL 03-5213-4700　FAX 03-5213-4701
印　刷　所　中央精版印刷株式会社

ISBN 978-4-7816-9600-3
定価はカバーに表示してあります。

Sonya ソーニャ文庫の本

『限界突破の溺愛』 八巻にのは

イラスト 成瀬山吹